ノー・ヴォイス

1

「あ〜、めんどくせー」

客でにぎわうコンビニの店内に男の声が響いた。時計の針は正午を過ぎている。弁当を選んでいた客たちがいっせいにレジの方を見る。レジには気だるそうな態度の二十代半ばと思しき茶髪の男性店員と、眉間にシワを寄せながら彼を見つめる中年の男性店員が立っていた。

「めんどくさい？　それはどういう意味だ？」

『店長』と書かれた名札を付けた中年店員は、顔を引きつらせながら眼鏡のブリッジを指で押し上げた。すると、働き始めて一カ月足らずのアルバイト、神楽鉄《かぐらてつ》が答える。

「めんどくせーもんは、めんどくせーんスよ。コンビニってレジに立ってればいいだけだと思ってたのにさ」

戸惑う店長をよそに、鉄はため息をついた。

商店街の裏通りという、立地に恵まれているとは言えないこの店でも、昼時は混雑する。レジの前には列ができ、弁当の温めと、それをレンジから取り出し、新たな弁当を温めるという単調な作業が繰り返される。

その程度なら辛うじて鉄の許容範囲だったが、それ以外にも業務は山のようにあった。

「なんスか、商品の陳列って。それに掃除もしなくちゃいけねーし。そもそも調理なんて家でもしたことねーのに、なんで俺がから揚げなんか揚げなくちゃいけねーんスか」

事の発端は三十分ほど前のこと。から揚げは人気商品なので、日に何度も調理が必要になる。今までは別の店員が担当していたが、シフトが変更になって、今日から鉄が担当することになった。

昼時に備えて、店長が鉄を呼び、から揚げの揚げ方を教え始めた。作業は難しくない。袋から取り出した衣の付いた肉の塊《かたまり》をフライヤーのバスケットに入れ、スイッチを押す。あとは油切りをマニュアル通りに行うだけだ。

ところが、教わる鉄の顔がみるみる曇っていく。ろくに返事すらしない。鉄の態度を腹立たしく思いながらも、店長は最後に「頼むぞ」と明るく声をかけると、バックヤードに姿を消した。

鉄のこうした態度は今に始まったことではなかった。週五日勤務なのに一カ月近く経っても、仕事をなかなか覚えない。正確には、覚えようとしなかった。店長の本心としては、クビにしたかったが、この人手不足の折、そんな鉄でも戦力として使っていくしかなかった。

しかし、店長の我慢も限界だった。鉄の様子を見に戻ってくると、ホットショーケースには油でベタベタのから揚げが並んでいた。鉄はたった今教わったはずの油切りをしなかったのだ。

「どうして君は、こんな簡単なこともできないんだ……」

店長は思わず愚痴をこぼした。それはこの約一カ月、言ってはいけないと、奥歯を噛《か》みしめて耐え続けてきた言葉だった。

鉄はこの言葉にキレて、「あ〜、めんどくせー」と大勢の客の目の前でボヤいたのだ。

「なんで俺が説教されなくちゃいけねーんスか」

「仕事ができないんだから当たり前だろ」

「別にできなくてもいいっスよ。俺、店長みたいなしょぼくれたおっさんになりたくないっスもん」

周りにいた客たちがクスクスと笑いだす。店長の顔がみるみる赤くなった。

「ふ、ふざけるな！」

「ふざけてないっスよ。ってか、だったらもういいっス。俺、辞めますから」

「えっ？」

あ然とする店長をよそに、鉄はバックヤードに入ると、タイムカードを押した。

「ここまで働いたぶん、ちゃんと給料払ってくださいよ。じゃないと、労働基準監督署に駆《か》け込むッスから」

そう告げれば、たとえ揉《も》めて辞めたとしても、アルバイト代を支払ってくれることを鉄は経験から知っていた。

無論、労働基準監督署に駆け込む気はない。そもそもどこにあるのかも知らない。それでも鉄はいつの頃からか、それを常套句《じょうとうく》にしていた。

こうして鉄は、十九個目のアルバイトを辞めた。

辞めるまでの期間、二十四日。それは鉄にとって平均的な在職日数だった。

店を飛び出すと鉄は、高校時代から大切にしているフェイクファー付きの黒い革ジャンに身を包み、町をさまよった。木枯らしが吹き始めた十一月の空気が肌を刺し、余計にささくれ立った気分にさせた。

もっと楽な仕事はないのかと心の中で悪態をつきながら、自販機の釣り銭口を探り、すぐさま舌打ちをした。

財布の中には千円札三枚と小銭が少しあるだけだった。これでアルバイト代が振り込まれるまでの一週間を過ごさなければならない。しかも、ひと息ついても、すぐに月末の家賃の支払いと借金の返済が控えていた。

鉄は自販機のそばの建物の壁にもたれかかると、ズリ落ちるようにその場にしゃがみ込んだ。タバコに火をつけて煙を吐き出す。その煙を眺めていると、自分の幸せも消えていくような気分だった。

鉄は高校を卒業してからずっとフリーター生活を送っている。最初に勤めたパン工場のライン仕事こそ一年続いたが、次の仕事からは長くて半年、短いと三日しかもたなかった。最近では一カ月続くことも稀《まれ》だ。

理由は、鉄自身わかっていた。人とコミュニケーションをうまくとれないからだった。自分から心を開こうとしないから、次第に周りと距離が生まれ、どこの職場にも馴染《なじ》めない。それで働くのが嫌になり、今回のような結果を招くのだ。

いっそのこと、他人と一緒に働くことをあきらめて、パチンコで稼ごうと思った時期もあったが、残ったのは百万円の借金だけだった。

何年も電話すらしていないから、親に泣きつくことはできない。仮に泣きついたとしても、定職に就かずフラフラしている息子に手を差し伸《の》べるような親ではなかった。唯一、四歳年下の妹、玲奈《れな》とは連絡をとっていたが、「ちゃんと働いてるの？」と小言を言われるため、最近はほとんど交流がなかった。

しゃがみ込む鉄の足先に、チラシが一枚風に飛ばされてきた。そこには「元気いっぱい！　かわいいペット勢ぞろい‼」というキャッチコピーと、その下に犬猫の写真と値段が記されていた。明日の生活にも困る鉄には、ペットを飼う人間の気持ちなどわからなかった。

鉄はチラシを拾って立ち上がると、くしゃくしゃに丸めて投げ捨てた。

あてもなく歩きながら、鉄は昔の彼女がポメラニアンを飼いたいと言っていたことを思い出した。彼女の名前は咲《さき》。一年半前まで同棲していた。咲は鉄に借金があることがわかっても「頑張って働いて返せばいいのよ」と励ましてくれた。けれども、鉄がすぐに仕事を辞めてしまうことに愛想を尽かし、一年も経たずに出ていってしまった。

やり切れない気持ちが心の中を駆け巡り、鉄をさらに惨《みじ》めな思いにさせた。

くわえていたタバコが短くなり、ジャンパーのポケットに手を突っ込むと、タバコの箱は軽かった。ポケットの中でその箱を押しつぶすと、鉄はコンビニに向かうために目の前の交差点を左折した。

するとピンクとブルーのストライプの看板を掲《かか》げた店が視界に映った。店の前を通り過ぎようとすると、「わあ〜、カワイイ〜」という甘えた声が聞こえたのと同時に、香水のにおいが鼻についた。

そこには派手な毛皮のコートを着た若い女と、それ以上に派手な身なりの中年の男が立っていた。二人はショーウィンドウの中をのぞき込んでいた。

「お、カワイイな」

「私、犬チョー好きなんだ〜。このコ、すっごくタイプ」

「そうか。じゃあ、買ってやろうか？」

「えっ⁉　ほんとに？　だけど三十万もするよ」

「お前が欲しいなら、それぐらい安いもんだ」

「わー嬉しい〜！」

女は満面の笑みを浮かべて男の腕にしがみつき、二人は店に入っていった。

鉄がショーウィンドウをのぞくと、ガラス越しに仔犬《こいぬ》たちが並んでいた。鉄の目の前のケージには『ポメラニアン』と書かれている。

「ポメラニアン……。こいつが三十万だって？」

まさかと思い、値札の桁を数えてみたが間違いない。鉄は思わず絶句した。

三十万といえば、鉄のアルバイト代の二カ月分に相当する金額だ。まるでコンビニでから揚げでも買うような感覚で購入しようとするカップルに苛立《いらだ》ちを覚えたが、同時にあり得ない値札が付いていているこの犬にも腹が立った。

「ふざけんな!」

鉄はショーケースに映る自分の姿を睨《にら》みつけ、その場から立ち去った。


住宅街にある小さな公園に着くと、鉄は空いているベンチに寝そべった。平日の昼下がり。他に誰もいない。以前は小さな子供と母親たちがよく利用していたが、近くに大きな公園ができてからは、みんなそちらへ行くようになった。おかげで平日の昼間に鉄がくつろいでいても、冷ややかな視線を送られることはない。

頭上には青い空とペットショップで見た仔犬のような雲が流れていく。鉄はゆっくりとまぶたを閉じた。


鉄は一人っ子だった。父親はギャンブル好きでろくに仕事もせず、看護師である母親が家計を支えていた。

両親は高校時代の同級生だった。父親は俳優志望だったが、四十歳になり挫折。その後、定職に就くことなく、妻の稼ぎに甘える生活をしていた。ギャンブルだけでなく、酒にも溺《おぼ》れ、次第にアルコール依存に陥っていった。

懸命に父親をケアしていた母だったが、体力と精神が限界を迎え、鉄が小学六年生のときに離婚することになった。鉄は母親に引き取られた。

その母親が三年後に再婚し、相手の連れ子である玲奈が妹となった。鉄以外の家族三人は仲が良く、鉄は自分だけが家族になり切れていない気がした。そんな虚《むな》しさから、地元の公立高校に進学したものの、徐々に学校を休みがちになった。

母親の手前、なんとか卒業にはこぎつけたが、卒業後は定職につかず、アルバイトを転々としながら、実の父親と同じようにギャンブルに明け暮れるようになった。

鉄がまぶたを開けると、雲が先ほどと変わらない速度で動いていた。

これからどうすればいいのだろう……。もうコンビニで働くのは嫌だった。だからといって、食品工場や建設現場の仕事にも二度と行きたくなかった。

スマホを取り出し、「楽なバイト・高い時給」で検索する。怪しい荷物の運び屋、名義貸しなど、真偽不明な情報が数多く出てきた。

しかし、鉄の興味を引くものはなかった。今まで警察の厄介になったことや、反社会的勢力などと交流したことはなかった。一線は越えないというのが、鉄の中にある自分なりの正義感だった。

スマホの画面をスワイプしながら、検索結果を追っていく。鉄はため息をつきつつも、少しでも長く続けられそうなアルバイトを探した。

そのとき、ふいに背後から物音が聞こえた。振り返ると、植え込みの中に五十センチ四方くらいの段ボール箱が置かれていて、小刻みに揺れている。

鉄はそっと箱に近づいていった。

小さい頃、鉄は好奇心が旺盛で、よく公園でいろいろな物を拾って帰った。口論の絶えなかった両親も、そんな鉄の姿を見ると、「またそんな物を拾ってきて」とあきれながらも笑顔になった。鉄はそれが嬉しくて、よく公園で〝宝探し〟をしていたのだ。

当時のことを思い出しながら、鉄は箱に近づいていく。ふたが閉じていて中は見えないが、何かが入っているようだった。

鉄は足のつま先で箱の側面を軽く蹴ってみた。すると、箱が大きく揺れた。

「うわ！　なんだよ⁉」

恐る恐る箱を見ると、ふたが開いて中からモコモコとした丸っこい物体が出てきた。

「犬？　……ポメラニアン？」

鉄がしゃがみ込むと、犬はふたの開いた段ボールのふちに前足をかけ、立ち上がった状態で鉄を見た。

捨て犬だった。さっきのペットショップにいたものよりも大きい。捨てられてずいぶん経っているのか、毛は薄汚れていた。それにどこかにおう。

こんな犬が三十万もするとは……。鉄は苦々しい表情を浮かべたが、次の瞬間、口元をほころばせた。

鉄はポメラニアンを箱から持ち上げた。その不安そうな表情に胸が少し締めつけられたが、脇にポメラニアンを抱え、その場を立ち去った。


鉄が向かったのは、先ほどのペットショップだった。レジに立っていた若い女性店員に
「買い取り、よろしく！」と弾んだ声で言った。

「買い取り……ですか？」

女性店員はレジカウンターに置かれた犬を見て戸惑っている。

「あぁ。こいつ三十万するんだろ？」

なんと言葉を返したらいいかわからず、女性店員は無言のまま固まっている。

すると、年配の男性店員がやって来て、「どうなさいました？」と笑顔でたずねた。

「買い取りしてくれって言ってんだよ」

「買い取り……ですか？」

男性店員は不審者でも見るような目つきに変わり、レジカウンターにいるポメラニアンと鉄を交互に見る。

「お客様、申し訳ございません。当店では買い取りはしておりません」

「はあ？」

「当店は専門的に繁殖させた犬猫を扱っていますので、血統のわからない犬は扱いません。それに、このポメラニアンはずいぶん大きいですから」

「ってことは、買ってくれねーってこと？」

「そもそも、うちは販売専門店ですので、申し訳ございません」

男性店員は深々と頭を下げたが、明らかに迷惑そうにしている。

「ったく、なんだよ。しょぼい店だな！」

鉄はポメラニアンを粗雑に掴《つか》んで抱えると、悪態をつきながら店を出た。

鉄がスマホでペットショップを検索すると、他に近隣に二店あった。早速、出向いたが、どちらの店でも言われることは同じだった。

「だったらさ、十万、いや、五万」

費やした時間と反比例するように、鉄の提示する金額はどんどん下がっていった。

「一万！　それなら買い取ってくれるだろ？」

最後の店で鉄はそう提案したが、店員が首を縦に振ることはなかった。

気がつけば、太陽は西に傾き、空は薄暗くなっている。

鉄は簡単に買い取ってもらえると思っていた。三十万もするということは、それだけ需要があるのだろう。子供の頃、よくゲームや漫画を売ったが、人気のあるものほど店は高値で買ってくれた。

しかし、犬はそうではないらしい。たとえ人気の犬種でも、買い取ってもらえないようだった。

「まっ、なんとなくわかってたけどな」

本音では泣きたい気持ちだったが、強がりを口にした。

ペットショップに入ったのは子供の頃以来だった。あの頃は気づかなかったが、鉄には今回初めてわかったことがあった。それは、仔犬・仔猫しか売られていないことだ。

鉄が見つけたポメラニアンは、明らかに成犬だった。一方、ペットショップにいる犬はほとんどが生後三カ月以内で、まるでブランド物のバッグや時計のように大切にケージに入れられていた。

店を回っているうちに鉄は、自分の拾った犬がそんな犬たちと同じ価値のないことを理解した。おそらく、タダでも引き取ってくれないだろう。商品として売れないからだ。

鉄は乱暴に持ち上げたポメラニアンの顔をじっと見つめた。ポメラニアンはつぶらな黒い瞳で鉄を見ている。まるでもう一人の自分に見られているような気分だった。

鉄はその瞳から視線を外《はず》すと、ポメラニアンを路地の電柱の脇に置いた。

「お前は誰にも必要とされてないんだって」

鉄はそうつぶやき、その場を立ち去ろうとした。

そのとき、犬の散歩をしている三人組の女性がこちらに向かってくるのが見えた。

「ちょっと、何してんの、あんた?」

「もしかして、その子、捨てる気じゃないでしょうね?」

三人組が鉄を睨みつける。

「なんだよ、あんたたち」

「なんだよじゃないわよ！　そのワンちゃん、どうする気よ?」

「はあ?　俺の犬じゃねーよ」

「何言ってんの。あなたがそこに置くのを見たんだからね」

「だから、俺の犬じゃないんだって！」

「嘘おっしゃい!!」

ものすごい剣幕で迫ってくる。その勢いに感化されたのか、三人組が連れている犬たちも鉄を見て吠えだした。

「な、なんなんだよ。寄ってたかって……」

鉄はその迫力にたじろぎ、何も言い返すことができない。

「そのワンちゃん、どうする気！」

「ったく、めんどくせー」

鉄はポメラニアンを抱えると、その場から逃げ出した。

「ちょっと待ちなさい！」

三人組と犬たちが逃げる鉄を追いかけてくる。

鉄はポメラニアンを抱えながら振り向かず、必死に走り続けた。


どれくらい走っただろう。鉄は息を切らしながら、小高い土手の上で腰を下ろした。さすがにあの三人組もここまでは追いかけてこないようだった。

鉄が抱えていたポメラニアンを地面に下ろすと、ポメラニアンはその場から離れることなく、おとなしく座っている。

「さすがに喉《のど》が渇いたな」

見下ろすと、そこには野球場があり、バックネット裏に水飲み場があった。鉄はすかさずそこまで走っていき、水を勢いよく飲んだ。

ポメラニアンは鉄の後をついてきて、足元に座っていた。

喉の渇きを癒した鉄は蛇口の水を手ですくって、ポメラニアンの前に差し出した。ポメラニアンは立ち上がると、小さな舌で水を舐《な》めだした。

鉄は無表情にその姿を眺めていた。


「あのババアたち、ふざけやがって」

アパートに戻ってきた鉄は乱暴にドアを閉めた。脱ぎ捨てた靴のそばにはポメラニアンがいる。結局捨てることができず、連れて帰ってきたのだ。

古びた木造の二階建てアパート。住み始めて約一年半になる。六畳ほどのワンルームには物が散乱していた。テーブルの上には、未開封の公共料金の請求書や食べかけのスナック菓子の袋が放置され、部屋のあらゆるところに衣類が脱ぎっぱなしになっている。

鉄は玄関でのん気に毛づくろいするポメラニアンを見つめながら、途方に暮れた。

ペットショップには買い取ってもらえない。かといって、むやみに捨てると、また誰に何を言われるかわからない。

「そうだ、あの公園に……」

元の場所に戻すのなら、誰にも文句を言われないはずだと鉄は思った。

「おい、行くぞ」

抱えようとして手を伸ばす。すると、右の前足を舐めていたポメラニアンの足首辺りが赤く染まっていることに気がついた。

「お前、怪我してんのかよ」

鉄はテーブルの上をまさぐり、包帯を手に取った。以前、一週間だけ道路工事の現場仕事をしたときに、腕を怪我して購入したものだ。

「どこまで手がかかるヤツなんだ」

その場にしゃがみ込み、ポメラニアンの前足に包帯を巻く。巻き方はいい加減だったが、何もしないよりはマシに思えた。

「よし、行くぞ」

鉄が立ち上がって、ポメラニアンを抱きかかえようとすると、鉄の手をよけて股下をくぐり抜けた。

「あっ！」

捕まえようとするが、テーブルの下を抜けて、痛いはずの足で狭い部屋中を逃げ回る。

「おい、待て!!」

鉄はなんとかポメラニアンを部屋の隅に追い詰めた。忍び足で近づいて捕えようとするが、ポメラニアンはまたしても鉄の股下をくぐり抜け、触れることすらできない。

「ふざけんな！」

犬にすら馬鹿にされているように感じ、鉄は部屋の壁を力いっぱい叩いた。

すると、ポメラニアンがテーブルの下で動きを止めた。鉄の方を見て身を縮めている。

「やっと、おとなしくなりやがった」

鉄はそっとポメラニアンに手を伸ばした。

そのときだった。ドアをノックする音が聞こえた。

鉄は玄関に視線を向けた。新聞の勧誘だろうか。それとも公共テレビの集金だろうか。どちらにせよ出る気はなかった。けれども、ノックはしつこく続いた。

「ったく、うるせーな！」

頭をかきむしりながら、鉄は仕方なく玄関のドアを開けた。そこには自分と同じ年くらいの若い男が立っていた。

「なんすか？」

「あの、隣の部屋の者ですけど」

「だから何？」

このアパートに住んで一年半になるが、他の住人のことなどまったく知らない。もちろん、この男の顔を見るのも初めてだった。色白で穏やかな顔立ちやその雰囲気は、鉄が普段接することのないタイプの人間だった。

「声がうるさいんです。あと壁を叩く音も」

「あぁ……」

鉄は先ほど叩いた壁の方を一瞥《いちべつ》した。

「すみません。気をつけまーす」

鉄は適当にあしらい、ドアを閉めようとした。すると、ドアの端を男が押さえた。

「なんだよ⁉」

「あそこに……」

男は部屋の奥を見ている。鉄がその視線を追うと、そこにはポメラニアンがいた。

「あぁ、あれは……」

鉄が口を開くと同時に、ポメアニアンはゆっくりと歩み寄ってくる。

「え？」

男がひざまずき手を差し出すと、ポメラニアンは身を委《ゆだ》ねるようにその男のもとにすり寄っていった。優しくポメラニアンを撫《な》でる手つきから、犬の扱いに慣れているようだった。

「お前、勝手に何やってんだよ！」

「そっちこそ、ここはペット禁止のはずですよ」

「俺のじゃねーよ」

「じゃあ、誰のなの？」

「知らねーよ。捨てられてたから、売ろうと思って拾ったんだ。なのに全然売れなくてさ」

「売る？」

「ペットショップにだよ。買い取りはしてませんとか言いやがって」

鉄がボヤくと、男は深くため息をついた。

「犬をモノと同じように考えるなんて……」

男は屈《かが》んでポメラニアンの上体を起こすと、瞳をのぞき込んだ。

「怯《おび》えてる……。君が怒鳴ったり、壁を叩いたりしたせいだ」

「はあ?」

「それに怪我もしてる……」

眉間《みけん》にシワを寄せ、厳しい目つきで鉄を睨んだ。

「お、俺じゃねーよ。始めっから怪我してたから、包帯を巻いてやっただけだ。それに怖がらせてもいねーよ。そいつを捕まえようとしただけで」

「捕まえてどうするつもりだったんだい?」

「決まってんだろ。元居た場所に戻すんだよ!」

その言葉を聞くと、男はポメラニアンを抱えて勢いよく立ち上がった。

「動物を捨てる行為は法律で罰せられる。愛護動物を遺棄《いき》した者には、高額の罰金が課せられるんだ」

「罰金?」

鉄は思わず男の腕の中でうずくまるポメラニアンを見つめた。

「なんで俺が金を払わなきゃいけねーんだよ!」

金になると思ったから拾ったのだ。それなのに逆に金を取られるなど、鉄には到底納得できなかった。さっきの三人組にせよ、目の前の男にせよ、犬を溺愛《できあい》しすぎているのでははないか。犬より人間の方が立場が上なのに、どうしてこんなにも犬に味方するのだろうか。

「とにかく、飼うのが無理なら飼い主を見つけるべきだね」

「なんで俺が」

「拾った責任だよ。捨てるのだけは絶対にダメだ！」

「元の場所に戻してもかよ？」

「同じことだ」

男は語気を強めて言うと、鉄にポメラニアンを渡した。

「万が一、この子に何か危害を加えたら、動物愛護法違反で警察に通報する。いいね？」

男はそう言い残して立ち去った。

鉄は腕にポメラニアンを抱えながら、しばらく玄関に立ち尽くしていた。納得はできないが、罰金を払う余裕などない。

「あ〜、めんどくせー。お前は厄病神《やくびょうがみ》だな！」

鉄は誰に言うでもなく、そうボヤいた。押し入れの奥から段ボールを取り出すと、台所に置いて、ポメラニアンを中に入れた。

冷蔵庫を開け、最後の缶ビールに手を伸ばす。勢いよく飲み干すと、ベッドに倒れ込んだ。一日の疲れがどっと押し寄せ、鉄はいつの間にか眠りについていた。

小学生の鉄は左手を父親と、右手を母親とつなぎ、神社の境内を親子三人で歩いている。軽快な笛と力強い太鼓の音が鳴り響く。鉄たち親子を挟むように、見慣れた商店や銀行などの名前が入った赤い提灯がずらりと並んでいる。

当時、俳優を目指していた父親はオーディションや売り込みで毎日忙しく、ほとんど家にいなかった。収入は母親の稼ぎしかなく、生活はとても貧しいものだった。

だが、お祭りは唯一、鉄のわがままを聞いてもらえる特別な日だった。アニメキャラクターのお面や綿菓子、射的、かき氷、どれをお願いしてもダメと言われることがなく、まるで王子様になったような気分になれた。

なかでも鮮明に記憶しているのは、金魚すくいだった。金魚すくいに誘うのは、いつも父親からだった。もちろん、鉄は大喜びだったが、そんな二人のやりとりを、母親はどこか寂しげな目で見ていた。

子どもの鉄はその理由を、お金が無駄になるからだと思っていた。毎回ポイはすぐ破れてしまい、一匹だけおまけにもらって帰るのがお決まりだったからだ。

でも、あれから月日が経ち、母親が寂しげな目をしていた理由は別にあったのではないかと、鉄は思うようになった。家は水槽がないため、持ち帰った金魚は洗面器に入れておくのだが、決まって数日で死んでしまう。きっと、母親はそのことがわかっていたのだろう。

鉄は母親と一緒に金魚の亡骸《なきがら》を、近所の公園の植え込みに埋めに行った帰りのことを覚えている。母親は鉄に「金魚すくいはもうこれで最後にしましょうね」と静かに言った。看護師としてつねに命と向き合っていた母親にとって、たとえ小さな命でも、少しでも長く生きてほしかったのだろう――。

朝、目を覚ますと、鉄はハッとしたようにベッドから上半身を起こした。台所に目をやると、段ボール箱が小刻みに揺れている。夢であってほしかったが、昨日の出来事は現実だった。

「……ったく」

鉄はそばに歩み寄り、渋い顔で箱の中をのぞき込んだ。すると、招かざる客はクンクン鳴き出した。その甘え声に記憶がよみがえる。夜遅くに鉄はその声に起こされたのだ。

鉄はベッドから這《は》い出ると、茶碗に水を入れて置いてやった。よほど喉が渇いていたのだろう。ペチャペチャと音を立てながら、あっという間に飲み干した。

茶碗に水を足して、鉄がベッドに戻ろうとすると、またクンクン鳴き始めた。考えてみれば、どれくらいの間、食事をとっていないのだろう。

とはいえ、冷蔵庫はほぼ空《から》だった。唯一、あるのはツナ缶だが、残金わずかの鉄にとって貴重な食料だった。しかし、これ以上鳴かれて、隣の住人にまた文句を言われるのも嫌だった。

仕方なく、鉄が缶の中身を皿にあけて差し出すと、ポメラニアンは貪《むさぼ》るように平らげた。皿の隅々まできれいに舐めると、ようやく満足したのか、丸くなって眠り始めた。

それが深夜の出来事だった。

ポメラニアンはクンクン鳴きながら、鉄の顔をじっと見ている。鉄を信頼しているのか、また食べ物がもらえると期待しているのか、シッポを小さく振っている。

その姿に、鉄は思わず舌打ちした。

「俺はお前の飼い主じゃねーんだよ」

鉄は近くにあったスポーツバッグを手に取ると、「おい、行くぞ」とポメラニアンに向かって言った。

鉄はスマホを頼りに目的地に向かって歩いていた。初めて訪れる場所のため、右往左往しながら進んでいく。肩にかけたスポーツバッグのファスナーの隙間からは、ポメラニアンの鼻が見えていた。

昨日、隣の部屋の男は責任を持って飼い主を探せと言ったが、鉄にはその気はまったくなかった。元の場所に戻すことすらできないのなら、残された手段はただ一つ。スマホには、その手段となる場所の地図が表示されていた。

しばらくして、目的地に到着した。入り口には大きな文字で『幸和《こうわ》市保健所・動物相談センター』と書かれている。鉄はその名前を確認すると、建物の中へと入っていった。


建物の中は鉄が今まで味わったことのない空気に包まれていた。厳しい顔つきの職員が黙々と作業をこなしている。

受付に向かうと、その目の前の廊下で、年配の女性が職員と口論をしていた。

「兄が死んでから、しばらく面倒を見てたけど、近所からうるさいって怒られて、たまったもんじゃない。さっさと引き取ってよ」

年配の女性は悲愴《ひそう》な面持《おもも》ちをしていた。

「このワンちゃんとは、もう二度と会えなくなるんですよ。それでもいいんですか？」

職員は丁寧な口調で語りかける。

「結構です。せいせいするわ」

年配の女性はそう言い捨てると、犬につながっているリードを職員に手渡して、建物を出ていってしまった。

人のいなくなった受付に鉄が顔をのぞかせると、四十歳ぐらいの女性職員が座っていた。鉄は彼女の前に立つと、「なあ」と声をかけた。

「ここで引き取ってもらえるって聞いたんだけど？」

鉄のぶっきらぼうな問いかけに、女性職員が作業の手を止めて顔を上げる。鉄はそのタイミングでバッグからポメラニアンを掴み出し、カウンターの上に置いた。

「じゃあ、よろしく」

「ちょっと！」

立ち去ろうとする鉄を女性職員が呼び止めた。

「なんだよ？」

「よろしくって一方的に言われても、事情をうかがう義務があります。どうして飼えなくなったんですか？」

「俺の犬じゃないよ。たまたま拾っただけ。わざわざネットで調べたんだぜ。保健所なら引き取ってくれるって」

女性職員はその言葉を聞き、眉間にシワを寄せた。

「なんだよ、もういいだろ？」

鉄はカウンターの上に座るポメラニアンを女性職員の方に押した。

「ちょっとおかけください」

「だからなんなんだよ？」

職員の強い口調に、鉄はしぶしぶ椅子に腰を下ろした。

「では、ここに飼えない理由を書いてください。あと、引き取り料として五千円いただきます」

「五千円ってどういうことだよ？　金取るのかよ！」

鉄の声がフロア中に響きわたり、そこにいる全員の視線がいっせいに鉄に向けられた。

女性職員はひるむことなく、冷静に続けた。

「それが規則なんです」

「あんたらこれで商売してるのかよ？」

「商売ではありません。考えてみてください。もし無料にしたらどうなると思います？」

「そんなの知らねーよ」

「安易にペットを飼って、いらなくなったら保健所に預ける人が増えると思いませんか?」

「は?」

「預けられた動物たちが、その後どういう運命をたどるのか、あなたはわかってるんですか?　幸せな未来が待っているわけじゃないんですよ」

女性職員は険しい顔つきで、鉄に記入用紙を差し出した。

「くそっ、運命だの幸せだの、何言ってんだ?　こんな犬のために金なんか払えるか」

今の鉄に五千円の持ち合わせはない。自分の生活すら大変だというのに、拾った犬を捨てるためにお金を払うなど論外だった。

「あぁ、めんどくせ!」

鉄はポメラニアンを乱暴に掴むと、その場を去った。

「なんなんだよ!　ったく!!」

こんな犬を拾ったばかりに面倒なことになった——。

保健所から出てきた鉄は、掴んだポメラニアンを睨みつけた。

「感謝しろよな。包帯巻いてやったし、一日だけでも、水と飯をやったんだからな」

鉄は建物そばの植え込みを見た。そして辺りを見回し、人がいないことを確認した。

「よし……」

鉄は植え込みに近づき、ポメラニアンを地面に置いた。

「これからは保健所に飯を食わせてもらえ」

鉄はそう言って植え込みに背を向けると、逃げるようにその場を立ち去った。

2

決して広くはない事務所に、机が整然と並べられている。机の上にはパソコンと書類が置かれていて、そこだけ見ると、普通の会社と変わりがない。

けれども、壁には「小さな命を一緒に救いませんか?」「人間と犬猫が共に幸せに暮らせる社会を目指して」といった犬や猫のポスターが所狭しと貼られている。そして、部屋のそこら中に、動物を入れる空のケージがいくつも置かれている。

働いている人たちは、みんな水色の作業着を着ていて、胸元には『ラポール』という文字と、その下に太陽を模したロゴが刺繍《ししゅう》されている。部屋の外からは、犬や猫の鳴き声が絶え間なく聞こえている。

「沢田《さわだ》くん、そろそろ保健所に行くよ」

ラポールの所長・河野《かわの》昇《のぼる》が隅の席に座っているスタッフに声をかけた。そのスタッフは、鉄の部屋に注意しにきたあの青年、沢田良太《りょうた》である。良太は席を立ち、出かける前にトイレに向かった。

廊下に出ると、犬や猫の鳴き声は先ほどよりも大きくなる。廊下の先には、大きな部屋が二つあり、それぞれ保護された犬と猫たちのための飼育施設になっている。現在、犬が約五十頭、猫が約三十匹暮らしている。

それ以外に小さな部屋が六つある。この施設に初めて入った際に感染症や皮膚病にかかっていないかを検診する部屋が一つ。ウイルス感染など他の動物に影響を及ぼす犬や猫を隔離して治療する部屋が二つ。高齢で引き取り手が望めそうもない犬猫が、余生を過ごす部屋が二つ。そして、不妊去勢の手術を行う部屋が一つだ。

つまり、ラポールは捨てられた犬や猫の新しい飼い主を探すアニマルシェルターという施設である。

「いた〜い！」

トイレを済ませて、良太が事務所へ戻ろうとすると、猫たちのいる部屋から女性の悲鳴が聞こえた。顔を出してみると、アルバイトの外山琴美《とやまことみ》と内藤明日香《ないとうあすか》だった。琴美は猫のケージの前で苦悶《くもん》の表情を浮かべ、手を押さえている。

「どうしたの？　外山さん」

「あ、沢田さん。猫に餌をあげようとしたら、急に爪で引っかいてきて」

ケージの前では白い猫が琴美の方を見ながら威嚇《いかく》していた。

「シッポをいきなり触ったんじゃない？」

「えっ、シッポ？」

「そう言えば、琴美、さっき餌入れの邪魔になるからって、この子のシッポ触ってた」

「あ、うん……」

「猫は繊細なんだ。シッポを急に触ったら怒るに決まってる。基本中の基本だよ。ここの従業員なんだから、動物の気持ちを考えながら行動してほしい」

「すみません……」

琴美が頭を下げると、良太は「さあ、作業を続けて」と言って部屋から出ていった。

「……何、あのキツイ言い方」

良太が去った後、明日香が不服そうに言った。

「私、沢田さんに毎日怒られてるような気がする。向いてないのかな……この仕事」

琴美は猫に引っかかれた以上のダメージを心に受け、大きなため息をついた。

琴美は十九歳、将来トリマーになりたいと思っている。小さい頃から犬と一緒に暮らしていて、犬に関わる仕事に就くのが夢だった。現在は専門学校に通いながら、先輩の紹介でここでアルバイトをしている。

明日香は琴美より三つ上の二十二歳。明日香は両親が獣医師ということもあり、ここでの経験をもとに、将来はアニマルセラピーの分野に進みたいと思っている。


「沢田くん、ちょっと厳しすぎやしないかい？」

保健所に向かう軽ワゴン車の中、河野は運転しながら、助手席の良太に話しかけた。

「厳しい……ですか？」

「そう。特に外山さんにだよ」

どうやら、河野は先ほどのやりとりを聞いていたらしい。

「彼女はまだ入って二カ月だ。三年も働いてる君のようにはいかないよ」

その言葉に良太はうなずきながらも、自分の気持ちを口にした。

「できる、できないじゃないんです。やってもらわないと困るんです。犬や猫たちにとっては、新人もベテランも関係ないですから」

「それはそうだけど……」

良太は琴美にだけ厳しい態度をとっているわけではなかった。働いて一年近くなる明日香が引っかかれていたとしても、同じように注意しただろう。

ラポールには良太と河野の他に、二人の職員と五名のアルバイトがいる。飼育管理スタッフの中では、良太は二番目に在籍期間が長く、二十代の若いスタッフたちのまとめ役のような立場になっていた。

しかし、生真面目な性格から、厳しい態度をとりがちで人望は薄かった。仕事はできるし機転も利く。河野は良太のことを頼りにしていたが、周囲の人たちとの関わり方については気を揉んでいた。

一方、良太はそんな河野の気持ちにまったく気づいていなかった。

ちょうど赤信号で車が停車したとき、良太のスマホが震えた。画面を見ると、『母』と表示されている。だが、良太は応答ボタンを押すでもなく、その画面をただじっと見つめているだけだった。

「電話、出ないの？」

「えぇ。……どうでもいい相手ですから」

その言葉に河野が首をかしげる。振動が止まると、良太は何事もなかったかのようにスマホをポケットにしまい、ぼんやりと窓の外を見た。

良太の実家はクリーニング店を営んでいた。小さい頃から良太は成績が良く、運動神経も抜群だった。周りも認める〝優秀な子〟だった。

良太の父親は若い頃、小説家を目指していたが、家の事情で家業のクリーニング店を継いだ。そのせいもあるのだろう。「夢なんて見るものじゃない。現実は厳しいんだ」というのが口癖だった。

良太自身も、大人になったら自分がクリーニング店を継ぐものとして疑わなかった。

しかし、その生活が急変したのは、良太が小学四年生のときのことだった。突然、父親が亡くなったことで、良太の人生は狂い始めた——。


しばらくして、車は保健所の収容施設に到着した。受付の女性職員に挨拶をして、建物の中に足を踏み入れる。

ラポールでは、こうして定期的に保健所の収容施設を回って、犬や猫を預かっている。健康状態などを検査した後、インターネットやチラシで飼い主募集の呼びかけを行い、県内各地で譲渡会を開催して譲り渡していく。今日は検討を重ねて七頭の犬を預かることになった。

「ねぇ、ちょっと聞いて、ひどいのよ」

良太が河野と最後の一頭を車に運ぼうとしていると、受付の女性職員がボヤいた。

「どうしたんですか？」

河野がたずねると、女性職員は「それがねぇ……」と話し始めた。

「昨日、入り口の植え込みに犬が捨てられてたのよ」

「あぁ、ウチでもたまにあります。無責任ですよね」

良太がそう言うと、「ほんと困るわよねぇ」と女性職員は相づちを打って続けた。

「だけど、犯人はわかってるのよ」

「え、どんな人なんですか？」

河野が興味深そうに女性職員にたずねる。

「茶髪でガラの悪そうな若者。あっ、そのコよ。昨日捨てられてた犬って」

良太はそう言われて河野の持っていたケージの中の犬を見た。そこには見覚えのあるポメラニアンがいた。右の前足には包帯が巻かれている。

「この犬は……」

「どうした、沢田くん？」

「いえ……」

良太には、その後に続く言葉が見つからなかった。

あれだけ捨てるなと言ったはずなのに……。

ラポールに戻ってからも、良太はその日一日、腹の虫が治まらなかった。

「おやすみ。また明日な」

一つひとつの部屋の明かりを消してはそう声をかけていく。職員全員を見送ってから、各部屋の戸締りをして、一番最後に退出するのが良太の日課だった。

最後の部屋に向かうと、そこには例のポメラニアンがいた。まだ怯えているのか、少し震えている。

「かわいそうに。寂しかったよな」

良太はポメラニアンにそう声をかけると、部屋の明かりを消した。


仕事を終えて帰宅した良太は玄関に荷物を置くと、そのまま鉄の部屋の前に行き、抑えていた感情を吐き出すように強くノックした。

中から「誰だよ？」と、鬱陶《うっとう》しそうな鉄の声が聞こえた。

「僕だ」

「だから誰？」

「沢田だ。隣の部屋の」

良太が答えると、「あぁ～」という声とともに、ドアがわずかに開いた。

「なんだよ？　犬はもういねーぞ」

「知ってる。だから来たんだ」

良太の言葉に鉄は首をひねる。そのしぐさに、良太は余計に苛立ちを覚え、無意識にドアの間に足を踏み入れた。

「昨日、保健所に行っただろ？」

「なんでお前が知ってんだよ」

威嚇するような目つきで鉄は良太を睨んだ。

「やっぱり……」

良太の口からため息が漏れる。鉄はわけがわからず、怪訝《けげん》そうに良太の様子をうかがっている。

そのとき突然、鉄の腹が大きな音を立てた。お金が底を尽きそうなため、鉄は昼間にカップ麺を一つ食べただけだった。

素《す》っ頓狂《とんきょう》な音に、一瞬、時間が止まったかのように、お互い顔を見合せる。

「腹……減ってるのか？」

毒気を抜かれた良太がたずねると、鉄は顔を赤らめ、ばつが悪そうに目をそらした。

「だったらなんだよ。悪いか？」

部屋の中をのぞくと、テーブルの横に同じカップ麺が数個置かれている。

「まさか、毎日カップラーメンで済ませてるわけじゃないよね？」

「だったらなんだよ。なんでお前に俺の食生活のことまで答えなくちゃいけねーんだよ」

鉄は強引にドアを閉めようとしたが、先ほど踏み入れた良太の足が阻止する。とはいえ、このままでは前回と同じように口論で終わってしまうと思った良太は、機転を利かせて鉄にたずねた。

「おでんは好きかな？」

「はぁ？　おでん？」

虚《きょ》を突かれた鉄の腹音がもう一度鳴り響いた。良太が小さく笑みをこぼす。

「近くに、行きつけのおでんの屋台があるんだ。行ったことはある？」

「ねーよ。それがなんだよ」

鉄は良太に蔑《さげす》まれていると思って腹が立った。「てめー、いい加減に……」と張り上げかけた鉄の声も気にかけず、良太は涼しげに言った。

「もしよかったら、ごちそうするよ。おでん」

予期していなかった言葉に、鉄は固まった。

「ごちそう……」

思わず鉄が唾《つば》を飲み込む。怒りに満ちていた表情が力をなくしていく。

良太はその様子を、ただじっと見ていた。


良太が鉄を連れていったのは、駅近くの高架下にある『絶品おでん・美幸《みゆき》ちゃん』というのれんがかかった屋台だった。

鉄は物珍しそうな顔で屋台を見回した。

「あら、良太くん。いらっしゃい」

恰幅《かっぷく》のいい中年の女店主が笑顔で良太たちを迎えた。目の前の鍋には、いかにもよく味がしみ込んでいそうなおでんがぎっしりと詰まっていた。

「珍しいわね。あなたが友達を連れてくるなんて」

「友達じゃねーよ」

鉄はすかさずそうボヤくと、目の前の木製の長椅子に腰かけた。

「えっと、君は？」

「神楽鉄」

やれやれと言った表情で良太も鉄の隣に腰を下ろす。

「鉄くんね、よろしく。私は美幸」

女店主は底抜けに明るい笑顔で鉄に声をかけた。

「あぁ。そんじゃあ、俺は、牛すじとちくわ、それからつくね！」

「僕は卵とはんぺん、大根」

「はいよ！」

女店主はそれぞれの皿におでんを取り分ける。

「確認するけど、奢《おご》りなんだよな？」

鉄は警戒した目つきで、良太にたずねた。

「あぁ、さっきそう言ったろ。飲み物は何がいい？　ビールかい？」

「ビール⁉　それって……」

鉄は目を見開いて良太を見た。良太は思わず微笑んだ。

「もちろん奢りだ。頼みなよ」

良太がそう言うと、鉄は「よっしゃ」と小さくガッツポーズをして、「おばちゃん、ビール！」と威勢よく注文した。

時刻はまだ夜の七時を過ぎたばかりで、屋台には二人以外に客はいない。鉄の「うんめぇ！」という言葉に、女店主が「でしょ」と笑顔で答える。良太はその様子を目を細めて見ていた。

こんなふうに鉄が年上の女性と話すのは久しぶりだった。自分の母親ほどの年ではなさそうだったが、人を安心させる独特の雰囲気があって、鉄は居心地の良さを感じた。瓶ビール一本を飲み干し、腹も満たされると、鉄は場の雰囲気にすっかり気を許したのか、良太にたずねた。

「で、なんで俺が保健所に行ったこと知ってるんだ？　もしかして、後をつけていたとか？」

「まさか」

「じゃあ、なんで知ってんだよ？」

鉄は肘で小突きながら、良太を問い詰めた。

「それは僕の働いている施設で今、あの犬を預っているからさ」

「なんだよ、お前、保健所で働いてるのか？」

「違う。アニマルシェルターで働いているんだ」

「あにまるしぇるたー？」と口にして、鉄は首をひねった。「それってなんだよ？」

鉄は二本目のビールを頼みながらたずねる。

すると、良太は「それよりも……」と話を本題に移した。

「僕は飼い主を見つけるべきだって言ったよね？　それなのに捨てるなんて……」

「それはお前……」

「どうして、君はそんなひどいことができるんだ？」

「なんだと？」鉄は良太を睨みつけて語気を強めた。「言っただろ。あの犬は別に俺が飼ってるわけじゃねーって。だいたい、あいつは元から捨てられてたんだ。保健所に持っていかれても誰も悲しまねーだろ」

鉄はそう言うと、おでんをさらに注文しようとした。すると女店主は、二人の会話を聞いているのかいないのか、どちらともつかない表情で微笑んだ。

持っていたグラスを、良太が台の上に叩きつけるように置いた。その音に驚き、鉄が目を大きく見開いた。

「悲しまない……だって？」

グラスを持つ手がかすかに震えている。

「君は最低な人間だな。犬や猫を捨てるのがどういうことか、全然わかってない！」

あ然としている鉄をよそに、良太は立ち上がると、「ごちそうさま」と女店主に言って、鉄のぶんも含めて多めに代金を支払った。そして再び鉄を睨んだ。

鉄は一瞬たじろいだが、負けじと良太を睨み返す。

「もし君に少しでも良心があるなら、ここに来てみてくれ」

良太は鉄に一枚の名刺を渡した。名刺にはラポールという名前と住所が書かれていた。

「なんだよこれ？」

「来ればわかる」

良太はそれだけ言うと、屋台から立ち去った。

鉄は良太の言動が理解できず、苛立ちながらも、ぼう然と後ろ姿を見送った。

そして、女店主に顔を向け、「おばちゃん、まだ飲めるのか？」と何事もなかったかのように聞いた。

女店主は良太が置いていったお金を数えて、「あとビール一本なら大丈夫よ」と微笑んだ。

「じゃあ、頼むよ」

「あなた、鉄くんって言ったっけ？」

「そうだけど、なんすか？」

「仕事は何してるの？」

女店主は新しいビール瓶の栓を開けると、鉄の持っているグラスに注いだ。

「痛いところつきますね。現在は無職です」

「やっぱりね。きっと今まで長続きしたことないでしょ？」

鉄は思わず、口に含んだビールを噴き出した。

「……なんでそんなことわかるんスか？」

「わかるわよ。この年まで生きていればね」

それ以上、女店主は何も話さなかった。

鉄は、女店主が自分のどこを見てそう思ったのか気になりながらも、ビールを一本飲み干すと、挨拶もそこそこに家路についた。

3

鉄の父親は三十歳を過ぎると、途端に酒量が増えていった。父親の口癖は「いつか巷《ちまた》で話題の俳優になる」だったが、一向にその気配は感じられなかった。それどころか年齢を重ねるごとに、フラストレーションを溜《た》め、何かにつけて当たり散らすようになった。

こんな大人にはなりたくないと思い、小学校の高学年になると、鉄はたくさん勉強をした。当時はクラスでも指折りの成績だった。けれども、両親は喧嘩が絶えず、鉄のことにまで気が回らないようだった。褒《ほ》めてくれる人もいない鉄は、次第に勉強するのが馬鹿らしくなり、成績はみるみる下降していった。

「ん？　もう朝？」

カーテンの隙間から日差しが漏れている。昨晩、久々に思う存分ビールを飲んだせいか、鉄の頭はすぐには働かなかった。もう一度眠りに落ちかけたとき、昨夜のおでん屋での記憶がよみがえってきた。

「良太……」

真っ先に思い出したのはその名前だった。名前と一緒にあの憎らしい顔も浮かんできた。ベッドの上であぐらをかき、頭をかきむしると、テーブルの上に置かれている良太の名刺が目に飛び込んできた。

〝少しでも良心があるなら、ここに来てくれ〟

たしか良太はそう言っていた。まるで鉄に良心の欠片《かけら》もないような言い草だった。自分の全人格を否定されたような気がして、鉄は心が煮えたぎるような怒りを感じた。

良太はただの隣の部屋の住人。しかも、まともに話をしたのは昨日が初めてである。鉄はたしかに口は悪いが、どんなに腹を立てても、人に手を上げたことはなかった。高校時代は学校こそサボっていたが、友達からよく相談もされていた。人望が厚いとまでは言わないが、優しい人間であると自負していた。

「それなのに……」

屈辱感に鉄は奥歯を噛みしめた。同時に、良太に文句の一つでも言ってやりたかった。時計を見ると、すでに午前十一時を過ぎていた。良太はもう職場に行ってしまっただろう。帰りを待っていてもいいが、鉄は腹の虫が収まらなかった。

テーブルの上の名刺を手に取ると、鉄はベッドから立ち上がった。


鉄は幸和市の南側に住んでいた。幸和駅は市の中心に位置しており、その北口からバスで二十分ほどのところにラポールはあった。

なけなしの金をはたいて乗ったバスを降りる。狐《きつね》につままれたような顔で、鉄は辺りを見回した。ネギと小松菜の植えられた畑が延々と続いている。

「なんだよ、ここ?」

鉄は良太に騙《だま》されたのではないかと不安を募らせながらも、スマホが指し示す場所へと向かった。目的地に近づくにつれ、遠くから犬の吠え声が聞こえてきた。それも一頭だけではない。二頭、三頭と徐々に増えてくる。まるで犬たちの合唱のようだった。

ようやくたどりついた施設の門には、たしかに『ラポール』と書かれていた。

犬たちの吠え声を鬱陶しく思いながらも、鉄は門をくぐり抜け、敷地の中へと入った。犬だけではなく、猫の声も混じっていた。

犬を散歩させている職員たちとすれ違う。職員たちは動物園で見る飼育係りの格好をしていた。鉄と視線が合った職員から、「こんにちは」と声をかけられたが、鉄は気がつかないふりをして奥へと進んでいった。

平屋の建物にたどり着く。

「ここか。ずいぶんと遠くまで来させやがって」

鉄は建物から出てきた女性に声をかけた。

「あの～、良太ってヤツいる？」

「良太？」

女性はそんな人いたかしら、という表情を見せた。

「えっと、たしか、沢……口良太？」

「沢口良太？　あぁ、もしかして沢田さんのこと？」

「そう！　それそれ。来いって言われたから来たんだ。あ、俺、神楽鉄っていうんだけど」

「は、はあ……」

女性は琴美だった。琴美は場違いな空気をまとう鉄を訝《いぶか》りながらも、そそくさと良太を呼びにいった。

鉄は入り口の花壇に腰を下ろした。相変わらず犬や猫の声がうるさく聞こえてくる。待っている間も、鉄の苛立ちは収まらなかった。

昨日のあの言い草はなんだよ。生活が苦しいのに時間とバス代を使わせて、こんなへんぴなところまで来させたんだぞ。どんな文句を言ってやろうか……。

風が吹き抜けると、動物特有のにおいが鉄の鼻をついた。ペットショップでも同じようなにおいがしたが、ここのにおいはそれとは違った。

鉄が思わず鼻をつまんだそのとき、建物の中から良太が姿を現した。

「来たんだね」

良太は微笑んだ。

「おい、なんで笑うんだよ！　お前が来いって言ったから来たんじゃねーか」

「そうだったね」

良太はまだ口元を緩ませていた。

「ってか、この場所はなんなんだよ⁉　犬の吠え声はすさまじいし、それにこのにおい。お前の会社はいったい何やってるんだ？」

「中に入ればわかるよ」

良太は建物の端にあるドアを開けて中へと入った。

「おい、待てよ！」

鉄は仕方なく良太についていった。重たい鉄の扉を開けると、建物の中も犬の声が響きわたっていた。

建物内はいくつかの部屋に分かれていて、無数のケージが置かれていた。

「すげーな。いったいどれだけいるんだよ？」

「犬は五十頭ぐらい。隣の部屋には猫が三十匹ぐらい」

「そんなにいるのかよ。で、こいつらどうすんだよ？」

職員たちが餌やりやケージの掃除などをしていた。医療器具の置かれている別の部屋では、白衣の年配男性が犬たちに注射をしていた。設置されている設備は鉄から見ても、本格的なものだとわかった。

「まさか、ここで手術もするのか？」

「あぁ。すべての犬猫は手術を受けてもらう」

「みんな重症なのか？」

良太は小さく微笑むだけで鉄の質問に答えず、次の場所へと歩き出した。

施設を案内しながら、良太は鉄に説明をする。

「僕たちはいろんな理由で飼い主のいない犬猫を預かり、育て、新しい飼い主に引き渡す活動をしているんだ」

「いろんな理由……それがアニマルシェルターなのか？」

「そうだ。ただ誰でも飼い主になれるわけじゃない。僕たちは相手の生活環境や飼育経験をしっかりと聞く。引き渡した後、その犬が本当に幸せに暮らせるかどうか、慎重に吟味してから渡すことになっている。少なくとも君みたいな人間には、引き渡すことはない」

鉄はムッとした表情で良太を睨むと、「俺はもう犬は懲り懲りなの。頼まれたって飼いたくありません」と、顔を突き出して反論した。

ふいに鉄は少し離れた場所にあるケージに目を留めた。ブラウンのミニチュアダックスフンドが後ろ足を引きずるように歩いていた。

「こいつ、怪我してるのか？」

「先週、この施設の前に置き去りにされていたんだ。事故に遭《あ》ったか、虐待だと思う」

「虐待？」

鉄は思わず良太の顔を見つめた。

「虐待って、親が子供に暴力を振るったりする、あれだよな？」

「あぁ。飼い主がペットにそういうことをするんだ」

「飼い主が……」

良太はケージのそばに近づいてしゃがむと、ミニチュアアダックスフンドの頭を優しく撫でた。

「犬に虐待……」

ありえない、と鉄は思った。しかし、周りの犬たちを見ると、目がつぶれていたり、シッポが切られていたりするものが少なくなかった。

不意に良太が鉄の背後にあるケージを指差した。

「後ろ見て」

「えっ？」

鉄が振り返ると、そこにはポメラニアンがいた。

「こいつは……」

「君が保健所に捨てたポメラニアンだ」

ポメラニアンはケージ越しに不思議そうに鉄を見ていた。

「獣医師にちゃんと診てもらわないといけないけど、たぶん、その犬も飼い主から虐待を受けていた可能性が高いと思う」

「まさか」

「ひどく怯えるんだ。それに、ここに来てから全然吠えていない。おそらく吠えるたびに飼い主が怒鳴ったり、威圧したりしていたんじゃないかと思うんだ」

「吠えない……」

鉄は戸惑いながらも、この犬が鉄の部屋にいる間、甘え声は出しても、一度も吠えなかったことに気づいた。

右の前足に目をやると、ここの医師が治療してくれたのか、すでに包帯は取られていた。

「もしかして、こいつの怪我も……」

「おそらく捨てられる前から怪我をしていたはずだ」

鉄は怪我をした犬を捨てた飼い主を想像してみた。誰かが拾ってくれることを祈って捨てたわけではないだろう。ゴミを不法投棄するかのように、犬を段ボールの中に入れて捨てたのだ。

「平気で犬を捨てる人間の気持ちなど僕にはわからない。だけど、捨てられる犬の気持ちなら少しはわかる。どうしてそんなことをするの？　僕はこれからどうしたらいいの？　犬はきっとそう思っていたはずだ」

「それは……」

戸惑う鉄に、良太は厳しい視線を向ける。

「このポメラニアンはなぜか君に懐《なつ》いていたみたいだけど、君は平気で見放した。この犬にとってそれは……人間に二度も裏切られたことになるんだ」

「……」

鉄は言葉が出なかった。ポメラニアンは鉄をじっと見ていたが、鉄はその視線に目を合わせることができなかった。

事務所に通された鉄は来客用の椅子に座り、良太の戻りを待っていた。

「どうぞ」

琴美がお茶を運んできた。鉄は恥ずかしそうに頭を下げ、湯呑みを手に取ると、ひと口お茶を飲んだ。

「沢田さんの隣の部屋に住んでるんですよね？」

「え、あぁ、そうだけど」

「あのポメラニアンを拾ったって聞いたんですけど」

「あ、あぁ」

本当は拾って捨てたが正解だが、鉄は曖昧《あいまい》な返事でお茶をにごした。

「それであの子、引き取るんですか？」

「俺が？」

「はい。だって、そのためにわざわざここに来たんですよね？」

鉄はしまった、と思った。良太は最初からあのポメラニアンを引き取らせるためにここに呼んだのだろう。

「ふざけんな……」

鉄は慌《あわ》てて席を立とうとした。しかし、それよりも早く良太の声が届いた。

「そうじゃないよ」

見ると、入り口に良太と河野が立っている。河野は初対面にもかかわらず、温かな眼差しで鉄のことを見ていた。

「僕たちの住んでいるアパートは犬を飼うことができないし、さっきも言ったけど、君に犬を飼う資格はない」

良太は一方的にそう言うと、河野に鉄のことを紹介した。

「なんなんだよ……」

資格がないと言われたり、勝手に紹介されたり、良太の目的が見えず、鉄は苛立ちをあらわにした。

そんな鉄を見ても、河野は笑みを絶やさず、温かな声で語りかけた。

「そうかそうか、君、ここで働きたいのか」

「は、働く？」

「ちょうど先週バイトが一人辞めたところだったんだ。いやあ、助かるよ。毎日働けるんだろ？」

「はあ？　俺が？　ここで？」

「あぁ。沢田くんからさっきそう聞いたよ」

「なんだって？」

鉄が眉をひそめていると、良太が歩み寄ってきた。

「おい、どういうことだよ！」

「今、仕事してないんだろう？　だからちょうどいいかなって思って」

「俺をここで働かせるだ？　誰がそんなことを頼んだんだよ」

「君に知ってほしかったんだ。犬や猫を捨てることがどういうことなのか。ここで働けば、少しはそれをわかってもらえるだろうと思ってね」

ふざけるな！　誰がこんなとこで！　と、鉄は怒鳴りたくなった。だが、たしかに次のアルバイト先は見つかっていない。家賃や借金、スマホの請求など、崖《がけ》っぷちに立たされていた。

「まあ、今日は見学ということで、実際に働くかどうかは君自身で決めてくれ。明日の朝、返事を聞かせてもらうよ」

良太は鉄の肩を軽く叩くと、そのまま自分の席へと戻った。

鉄は奥歯を噛みしめながら、その姿をただ黙って睨むことしかできなかった。

「ところで神楽くん。帰る前に一つ君に決めてもらいたいことがあるんだ」

河野がそう言った。

「何をですか？」

「あのポメラニアンの名前を、君に決めてもらおうと思ってね」

「名前？」

鉄が首をかしげていると、琴美が補足する。

「ここで世話をするとき、名前が必要なんです」

「え？　そうなの？」

河野が琴美に代わって答える。

「君だって、生まれたらすぐ名前をつけてもらっただろう」

「俺は人間だから。犬の名前なんてどーでもいいです」

「まあまあ、そんなこと言わずに」

琴美が鉄の顔をまじまじと見つめる。

「なんだよ」

「下のお名前なんて言うんですか？」

「鉄だよ。神楽鉄」

「じゃあ、小さい鉄ってことで『小鉄』はどうですか？」

琴美がそう提案した。

「おぉ、さすが外山さん。センスがいいね」

河野はすぐさま同調した。

「はあ？」

鉄があきれたような声を上げると、机で事務仕事をしていた良太も琴美に加勢する。

「いいと思いますよ。鉄と小鉄、いいコンビだ」

「あのなぁ！」

「うん。じゃあ、小鉄にしよう」

「だから！」

「やったぁ」

「もうなんなんだよ……」

楽しそうに笑う河野や琴美を見て、鉄は頭をかきながら大きなため息をついた。

鉄は一週間ぶりに自宅近くのコンビニに入った。ラポールの河野が「今日の交通費と面接費用だ」と言って、封筒に三千円を入れて渡してくれたからだ。

まさかそんなことをしてくれるとは思いもしなかっただけに、鉄は笑みをこぼさずにはいられなかった。

鉄は何を買うか品定めしながら、ラポールのことを考えていた。あの場所は納得いかないことだらけなのに、どこか懐かしい感じがした。

ふと我に返り、鉄は頭を左右に振った。自分は何を考えているんだろう。ビールとつまみを手に取ると、レジに出した。

目の前の若い男性店員はニコニコしながら仕事をしている。レジを打ち終えると、「千四百四円です」と元気な声で言った。封筒から千円札を二枚取り出して差し出すと、店員は釣り銭を渡すとき、鉄の手に自分の手を添えた。

鉄はコンビニでアルバイトをしていたときの自分の姿を思い返していた。ふてくされた態度で、客にかける声も適当、釣り銭も片手で放り投げるように渡していた。

同じ仕事なのに、こんなにも相手に与える印象が違うものなのかと、鉄は目の前の爽やかな店員が少し妬《ねた》ましく思えた。

「ありがとうございます。またお越しください」

商品の袋を受け取ると、鉄は逃げるようにコンビニを後にした。

家に帰ると、コンビニ袋を手にしたまま、鉄はベッドに倒れ込んだ。袋の中からビールを取り出して、改めてラポールのことを思い返す。

犬や猫の声はうるさいし、動物臭が漂う。今まで経験してきたアルバイトの中でも最低の部類に入るのは間違いなかった。時給はこの地域の最低賃金とほぼ同じ。勤務時間は朝九時から夕方五時までだが、定時にすんなり帰れるわけでもなさそうだった。

鉄はコンビニでもらってきた無料の求人雑誌を袋から取り出すと、パラパラとめくった。ビル清掃、ティッシュ配り、ホールスタッフ、警備員……世の中にはさまざまな仕事がある。どれも楽ではないし、鉄の興味を引くものはなかったが、それでもラポールで働くよりはマシなように思えた。

何より嫌なのは、良太の手のひらで転がされそうなことだった。万が一、ラポールで働くことになれば、良太の思うつぼだし、良太は先輩になる。ただでさえ押しつけがましいあの態度が、さらにひどくなるのは目に見えている。

「絶対に行かねぇ。行くわけがねぇっ！」

鉄はもう一人の自分に宣言するかのように声に出した。

その晩、鉄は夢を見た。遠い昔の記憶だった。

どこかから犬の鳴き声が聞こえてくる。今にも消えてしまいそうな、か細い鳴き声……。

導かれるように茂みを分け入っていくと、段ボール箱が置かれていた。形が崩れているのは、前日の大雨のせいだろう。鳴き声はその中から聞こえていた。

「おい、あいつどこ行ったんだ?」

茂みの向こうから、クラスメイトの声が聞こえた。

鉄は反射的に茂みの奥に身を縮こまらせて隠れた。息をひそめ、クラスメイトたちが早く公園から出ていくのを祈った。

小学四年生の鉄は同じクラスの三人組からいじめを受けていた。今日も鉄の姿を見つけ、走って追いかけてきたのだ。

鉄は段ボール箱の中の犬が心配だった。鉄の場所からその弱々しい声はまだ聞こえていた。まるで誰かが助けにくることを懇願しているようだった。

きっと、お腹も空かしているに違いない。鉄はポケットにある先ほど買った菓子パンの残りを、早くあげたかった。

「おい、こっち!」

近くで、リーダー格の男の子が他の二人を呼ぶ声がした。鉄は見つかってしまったのだと思い、目に涙を浮かべ唇を震わせた。

けれども、三人の話し声はそれ以上、近づいてこなかった。恐る恐る茂みの隙間《すきま》からのぞいてみると、三人は段ボール箱の前に集まっていた。

「なんか鳴いてるぞ」

「犬だよ、犬」

三人は段ボール箱のふたを乱暴に開けると、仔犬を取り出した。

「うわ、泥だらけじゃん！」

「汚ねー！」

仔犬は昨日の大雨で身体が濡れ、小刻みに震えていた。だが、三人にとっては泥まみれで、臭く汚いことの方が興味を引いたようだった。

「ほらっ、お前にやるよ！」

リーダー格の男の子が、隣に立つ男の子に仔犬を投げる。

「うわ、いらねーよ、こんなの！」

受け取った男の子は、すぐにもう一人の男の子にパスした。

三人はまるでボール遊びでもするかのように、仔犬を乱暴に投げ続けた。

その様子を、鉄は隠れながらただじっと見ていた。

三分、五分、十分……。

やがて三人は飽きたのか、公園から出ていった。

鉄は三人が完全に姿を消すのを見届けてから、急いで仔犬のもとへ向かった。

仔犬は散々投げ回された揚《あ》げ句、茂みの土の上に捨てられていた。しかも、半身は水たまりに浸かっていて動くことも鳴くこともなく、ただその場に倒れていた。

鉄はしゃがみ込むと、ポケットから菓子パンを取り出し、仔犬の口元に差し出した。仔犬は一度鉄の方に目を向けたが、口を開く力もなく、すぐに視線をそらした。

まだかすかに息はあった。でも、触れてみると、その身体は冷えきっていた。しばらくして、仔犬は静かに息を引き取った。

鉄はただその場に座って、ずっと仔犬を見ていた。何もしてあげられなかった。

鉄は茂みの一番奥に小さな穴を掘り、仔犬を寝かせた。持っていた菓子パンを仔犬の横に置くと、そっと土をかぶせた。

そして、最後の土をかぶせようと仔犬の顔を見ると、なぜかあの小鉄と名づけられたポメラニアンだった――。

記憶の奥底に封印していた思い出がよみがえり、夏でもないのに鉄の服は汗でぐっしょり濡れていた。時計を見ると、朝の五時だった。

台所の蛇口をひねり、お湯になるのを待って顔を洗う。あのとき、公園の茂みにいた犬は雑種だったはずだ。ポメラニアンとはまったく似ていない。

顔を洗いタオルで拭《ふ》くと、鉄は小鉄と名づけられたあの犬のことを思い出した。小鉄は飼い主から虐待を受けていた可能性があるという。ひどく怯え、まったく吠えない。吠えないということは、自分の気持ちを外に出せないということだ。

子供の頃、鉄が見たあの仔犬は、消えてしまいそうなほどか弱く小さかったものの、必死に鳴いて助けを求めていた。あのとき、鉄が三人よりも早く、仔犬を抱いてその場から去っていれば、もしかすると命を救えたかもしれない。三人のふざけた遊びを止めることができたら、仔犬はパンを食べて元気になっていたかもしれない。

小鉄もそのときの仔犬と同じくらいつらかったのではないか、そう鉄は思った。

その小鉄を保健所の外に置き去りにした自分は、捨てた飼い主やあの三人たちと、結局は同類の人間のように思えた。

鉄は朝日が昇るまで、ただじっと虚空《こくう》を見つめていた。

カーテンから射し込む光で目覚めた良太が窓を開けると、秋のにおいがやんわりと入ってきた。アパートの前の黄色く色づき始めたイチョウの葉が、朝の光に照らされて鮮やかに輝いている。

軽く朝食を済ませ、仕事に行く準備を済ませると、良太は玄関のドアを開けだ。

ドアの前には、鉄が立っていた。

良太は一瞬驚いたものの、鉄の真剣な表情から、すぐに要件を理解した。「おはよう」と声をかけると、鉄は何か言いたそうにしながら、なかなか言葉が出てこないようだった。

仕方なく、良太は「それで?」と助け舟を出した。

「それでどうするか、決めたのかい?」

良太の問いかけに、鉄は無言で小さくうなずいた。

4

ラポールに到着すると、鉄は更衣室に連れていかれた。良太たちが着ているものと同じ水色の作業着を河野から手渡された。

「ダサくないっスか?」

河野は鉄の言葉にとりあわず、笑顔で告げる。

「着替えたらすぐに朝礼だから、事務室に集合ね」

今までいろいろなアルバイトを経験してきた鉄だが、どこの職場でも、制服に着替えるのが一番苦痛だった。「これからお前はこの会社のしもべになるんだ」と言われている気がしてならないからだ。

だが、作業着の色がポメラニアンを拾った日の青空に似ていることに気がつくと、鉄は一瞬、顔をほころばせた。

思い返せば、ここにいるのは、ポメラニアンと出会ったことがきっかけだ。あの犬がここに連れてきたと言っても過言ではない。

どうせ目標も夢もないのだから、流されるまま仕事をしてみるのも悪くないかもしれないと、鉄は思った。


神楽鉄は不思議な男だ――。

良太は水色の作業着姿の鉄を見ながらそう思った。

ラポールでは毎日、朝礼が行われる。保護している犬や猫の体調、譲渡会の結果などの情報がスタッフたちの間で共有される。

「では、今日から一緒に働く神楽鉄くんに挨拶をしてもらおう」

ひと通りの連絡が終わった後、河野は部屋の隅で気だるそうに話を聞いていた鉄に、前へ来るよう指示をした。

スタッフたちは明らかに鉄を心配そうな表情で見ている。鉄はそんな彼らの視線を気にすることなく、河野の横に立つと首だけで会釈し、「神楽鉄で〜す。よろしくお願いしま〜す」と挨拶した。

語尾を伸ばすその言い方は品位の欠片もない。良太は、隣に立っていた明日香が一瞬、顔をしかめたことに気がついた。おそらく、鉄という人間をあらかじめ知らなかったら、良太もその場で同じように引いていただろう。いや、良太にしても不安だった。

しかし、この場に鉄を誘ったのは良太自身だった。じつのところ、鉄がここで働くことはないと、良太は思っていた。どうせ断るだろうと。あのポメラニアンの現状を見せれば、それで十分なはずだった。

けれども、鉄の何かが良太の心に触れ、何か一つくらい温かな言葉をかけてやりたくなった。それが仕事への誘いだった。

だから今、鉄がここにいるのは、良太にとって大きな誤算だった。

「では沢田くん、君が神楽くんに仕事を教えてやってくれ」

「僕が、ですか？」

「君が誘ったんだろう。よろしく頼むよ」

河野の言葉に良太は、「わかりました」と答えるしかなかった。

ラポールの敷地内は、屋内施設と屋外施設に分かれている。

屋内施設、つまり建物内はスタッフの事務所と更衣室以外に、犬部屋、猫部屋、新しく施設に来て検診を受ける部屋、ウイルスや病気を患っている犬猫の部屋、高齢でこの施設で余生を過ごす犬猫の部屋、不妊去勢手術を行う部屋がある。

一方、屋外には、周囲が約百メートルのグラウンドがあり、犬を散歩させたり、自由に走り回れるようになっている。その他、施設で亡くなった犬や猫を祀《まつ》る慰霊碑《いれいひ》がある。

保健所から引き取った犬や猫はここで一定期間飼育されて、新しい飼い主に譲渡されていくという流れになる。

「じゃあ、まずはこのコたちの体重測定から」

施設の案内をひと通り終えると、良太は実務を教えるため、犬のケージのある部屋へ鉄を連れていった。

「ほーら、ほら」

「おい！」

ケージの中の犬に手を伸ばそうとした鉄に、良太は鋭い視線を向けた。

「なんだよ、そんなに大声出さなくてもいいだろ」

「神楽くん、僕がなぜ怒ったかわかるかい？」

「俺が勝手なことをしたからだろ」

鉄は両手を頭の後ろに組み、ふてくされた態度でそう答えた。

「違う」

「は？」

「君が噛まれるかもしれないからだ」

「え⁉」

鉄は予想外の返事に、顔をこわばらせた。

「安易な行動で君自身が怪我をする。犬も人を噛んでいいと思ってしまう。そして、責任者である僕らには、人を噛ませてしまったという責任が生じんるだ」

鉄は良太がまとう空気に少したじろいだ。

「今後は気をつけるように。この仕事は習うより慣れろだ。ほら、そこの犬を体重計に載せてみて」

「おう」

良太はそばのケージの中にいるフレンチブルドックの仔犬を指さした。

鉄は雑な手つきで犬の首根っこを掴むと、そのまま持ち上げようとした。

「違う。そんなふうにしたらびっくりするだろ」

「びっくりって、たかが犬だぜ？」

「君だって、そんな扱いされたら嫌だろ。自分が嫌なことを、犬や猫にするのはもってのほかだ」

「ったく、なんだよ」

鉄は鬱陶しそうに頭をかくと、フレンチブルドックをそっと抱きかかえた。

鉄が一頭ずつ丁寧に体重計に載せて、良太が体重を用紙に記入していく。犬を抱えて体重計に載せる作業は簡単なようでなかなか難しい。一時間ほどかけて、室内にいる三十頭の測定が終わった。

「ちょっと時間がかかりすぎたな。さ、隣の部屋に行くよ」

「え？　まだいるんスか？」

「あぁ、あと三室。犬と猫を合わせて、あと五十頭くらいだ」

「ええっ⁉」

飽きっぽい鉄は作業が徐々に雑になっていく。良太はそれを見逃さず、鉄に注意する。

「ほら、ちゃんと計らないと意味がないよ」

「チッ」

「たかが体重測定といっても侮《あなど》れないんだ。お腹や胸に水が溜まっていたり、甲状腺の病気を見つけたりするきっかけになる。一つひとつの作業が小さな命を救うきっかけになるんだ」

そう言われても、鉄は早くこの作業が終わることばかり考えていた。

すべての測定を終えたときには、鉄の腕はパンパンになっていた。

「次はケージの掃除だ」

犬や猫をケージの外に出して、一つひとつ丁寧に洗っていく。普段自分の部屋の掃除すらしない鉄にとって、拷問のような作業だった。それに、少しでも手を抜こうものなら、すかさず良太から「そこにまだ汚れがあるよ」と注意が飛んでくる。

まだ午前中だというのに、鉄の体力も気力も限界に近づいていた。しかし、アルバイト代がもらえないと死活問題だった。

とりあえず一週間だけ我慢しよう。そうしたら必ず辞めてやる。鉄はそう心に決めて、黙々とケージを洗い続けた。


昼休みになり、鉄が事務所の机に倒れ込んでいると、コンビニから帰ってきた良太が鉄に弁当を差し出した。

「昼飯持ってきてないんだろ？　僕からのサービスだ」

良太の言葉が終わらないうちに、鉄は弁当に手をつけていた。辺りは犬のにおいが充満しているが、午前中の疲れを晴らすかのように、鉄は夢中で弁当をかき込んだ。

「君はいくつくらいバイトをしてきたんだい？」

良太が鉄の横に座ってたずねた。

「は？」

何を言い出すんだと思いながらも、鉄は両手の指を折って数えた。右手の親指から始まり左手の小指まで数えたところで、良太は「十」だと思った。ところが、鉄の指の動きはそこで止まらなかった。

「……十八、十九」最後の右手の親指をゆっくりと広げて「ここでちょうど二十だな」

「え⁉　二十？」

良太は目を丸くした。それだけの数のアルバイトをしてきて、あんなに作業が雑なことが信じられなかった。それだけ適当に仕事をしてきたということだろう。

良太はあきれながらも、今までよくやってこれたものだと、半ば感心していた。自分の人生で接したことのない種類の人間を目の前にして好奇心すら芽生えていた。

午後になると、鉄は良太から餌やりの作業を指示された。

ケージに餌の入った皿を差し出すと、みんなものすごい勢いで食べた。その様子を見て、鉄はさっきの自分を見ているようで、思わず笑みをこぼした。

「ほら、しっかりやって」

良太はまるで小学校の教師のように、鉄に細かく指示を飛ばす。

鉄は良太の言動から「こいつと仲のいいヤツはいるのか？」と真面目に思った。

すべての作業を終えて事務所に戻ると、鉄は大きなため息をついた。

「はー、きつい！」

ヘトヘトになっている鉄の肩を、河野がねぎらうようにポンと叩く。

「ご苦労様」

「なんなんですか、このハードな作業は」

「よく頑張ったね」

河野がかけてくれた言葉に、鉄は少しだけ救われた気持ちになった。

「ここに働きにくるのは、ほとんどが犬や猫を好きな人たちだ。それでも仕事がきつくて、一カ月もせずに辞めていく人が後を絶たないんだ」

「そうなんスか」

「犬や猫を愛し、少しでも役に立ちたいと思う気持ちは大切だ。だけど、その思いと裏腹に、日々の作業はその人たちの想像を超えるものだったんだろうね」

「わかります。たぶん俺も一週間で辞めますから。そこんとこよろしくです」

河野はいつものとおり微笑んでいたが、良太は鉄に一瞬でも期待したことを後悔した。

とても冗談には思えなかった。

鉄がラポールでアルバイトを始めて三日目を迎えた。相変わらず仕事は雑で、覚えるペースは極端に遅いが、一応、文句も言わずに働いていた。やる気があるのかないのか、良太ははかりかねていた。

「ねぇ、沢田さん。神楽さんって本気でここで働く気あるの？」

良太が犬のケージの掃除を終えて事務所に戻ってくると、明日香がそう話しかけてきた。

「どういうこと？」

「あの人、電話の応対もろくにできないんだけど」

明日香が言うには、鉄は目の前で電話が鳴ったにもかかわらず、出ようとしなかったらしい。そのことを指摘して電話をとらせると、今度は「もしもし、はあ？　そんなの俺、わからねーんだけど」と、とても社会人とは思えない応対をしたのだという。

「なんなの、あの人？」

「なんなのって言われても……」

良太にも正直よくわからなかった。

決して楽しそうに仕事をしているようには見えない。もちろん犬や猫に愛情があるようにも思えない。

良太と明日香が首をかしげていると、譲渡会のチラシを折っていた琴美が口を開いた。

「神楽さんって、結構犬好きですよね」

「彼が犬を？」

良太は思わず目を丸くした。

「よく犬部屋に一人でいるところを見ますよ」

言われてみれば、鉄は事務所からちょくちょくいなくなる。サボりがてら、タバコでも吸いに行っているのだろうと、良太は思っていたので驚きだった。今も鉄の姿はない。

良太は犬部屋へ行ってみることにした。


毎日、ケージの掃除や餌やりなどで、犬たちのいる部屋を訪れることは多い。しかし、洗濯や事務作業、譲渡会の準備など、他に山ほど仕事がある。用事がなければ、犬や猫たちのいる部屋を訪れることは、他のスタッフも良太もほとんどなかった。

様子をうかがうように、こっそり犬部屋に入ると、奥のケージの前に鉄が座っていた。目の前のケージの中の犬に、何かしゃべりかけているようだった。手には、ささみのジャーキーが握られている。

「ほらっ、食え。せっかくこっそり持ってきてやったんだからさ」

鉄はケージの隙間からジャーキーを差し出し、中の犬を呼び寄せていた。ケージの犬は小鉄だった。

鉄はわずかに笑みを浮かべていた。いつも不服そうで、やる気のない鉄からは想像もつかない優しい表情だった。

良太はそんな鉄を目の当たりにして、どう声をかけるべきか戸惑った。すると、鉄が良太の存在に気づき、一転して顔をしかめた。

「いつの間にいたんだよ？」

「決められた時間以外に餌をやるのはダメだ。犬に変な習慣がついてしまう」

「はいはい、わかりやした」

「君はそんなに小鉄が気になるのか？」

「ちげーよ。ちょっと休憩がてら、からかいに来ただけだよ」

鉄はふてくされた様子で、そそくさと部屋を出ていこうとした。

「……なあ」

良太が鉄を呼び止めた。鉄は眉をひそめて振り向き、まだ何か言いたいことでもあるのか？　とでも言いたげな視線を向けた。

「午後から久世《くぜ》先生が来るんだけど」

「誰それ？」

「週二回来てくれる獣医師だよ。今日は小鉄を含めた新入りたちの健康診断をお願いしている。よかったら君も見学してみないかい？」

良太はなぜそんな提案をしたのか、自分でもわからなかった。本当は午後から事務仕事を教えるつもりだった。慌ててひと言添えた。

「まあ、今日じゃなくてもいいけど」

すると、鉄は再び小鉄のケージの前に行き笑顔になった。

「よかったな、小鉄。お前医者に診てもらえるんだってよ」

良太はその光景を見て、なんとも言えない気持ちになった。


午後。獣医師の久世が施設にやって来た。長めの茶髪に、爽やかな顔立ち。年の頃は二十代後半から三十代前半くらいだろう。医師と聞いて、勝手に年配だと思い込んでいた鉄は意外な印象を受けた。

「君がこのコを拾ったのかい？」

診察台の上に座らせた小鉄に聴診器を当てながら、久世が背後に立つ鉄に聞いた。

「まあ、拾って置き去りにしたというか、もともと拾うつもりはなかったというか」

「なんか禅問答みたいだね」

久世はカラカラとした声で笑った。良太がたずねる。

「それで、久世先生、小鉄はどうですか？」

「うん、大丈夫だよ。感染症や狂犬病の心配もない。ただ君の言ったとおり、人間に対して、少し怯えているようだね」

「先生、こいつ全然吠えないいんだけど、もしかして飼い主が吠えるたびに虐待していたってことなんスか？」

鉄は先日良太から聞いた疑念を、そのまま久世にぶつけた。

「おとなしい犬はめったに吠えないことだってある。でも、この子は怪我の様子から考えて、君の言うとおりかもしれないね」

久世はそう言って小鉄の頭を優しく撫でた。

「くそっ……」

それは鉄のつぶやきだった。久世はそのつぶやきに気づかなかったようだが、良太は聞き逃さなかった。

良太には鉄が苛立っているように見えた。小鉄を平気で捨てたというのに、いったいなぜだろうか。良太はますます鉄のことが理解できなくなかった。

犬や猫を大切にする人はたくさんいる。その一方で、小鉄のような境遇の犬や猫はなかなか減らない。癒しを求めて犬や猫を飼ったものの、ろくにしつけも行わずに、自分の言うことを聞かないことに腹を立てたり、犬や猫とは無関係な日常のストレスが虐待の原因になっていると、良太は考えている。

こうした現実をなくすために、自分は何ができるのだろう？　新しい飼い主を探す以外にも、何かできることはないのだろうか？

気づけば、良太の視線は鉄の握りしめた拳に向けられていた。


診察が終わると、良太と鉄は事務所に戻った。

「今日はこれから事務仕事を覚えてもらうよ」

「えー!?　事務仕事は好きじゃないんだけど」

「好きとか嫌いとか、そういう問題じゃない」

「仕方ねーな……」

鉄はしぶしぶ受け入れた。二人の話が切れたタイミングで、河野が鉄に声をかける。

「神楽くん、前借りの件、今回は特別オッケーにするよ」

鉄が返事をする前に、良太が怪訝そうに河野に問いかけた。

「前借り？　それはどういうことです？」

すると、間髪入れずに鉄が口を開いた。

「スマホが止まりそうでさ。それで金借りようと思って」

「ったく……」

良太は思わず額に手を当て、深いため息をつく。

「だって、スマホが止まるといろいろ大変だろ？」

「それはあくまで君の個人的な問題だ。それで所長に迷惑をかけるなんて」

「まあまあ」

河野が笑顔で二人の間に割って入る。

「神楽くんも頑張ってくれてることだし」

「そうッスよね！　さすが所長!!」

「頑張ってるって……」

鉄は働き始めてまだ三日目で、仕事は何一つまともにできていない。それにもかかわらず所長は優しすぎる。こいつのことは永遠に好きになれそうにない。そう良太は心の中でつぶやいた。

そのとき、事務所のドアがノックされ、三十代と思われるサラリーマンふうの小柄な男が顔をのぞかせた。

「あの……ここって、犬を引き取ってくれるんですよね？」

男の手には、ペット用のキャリーバッグが握られている。

「ええと、引き取るというのは？」

良太が席を立つと、男はバッグを目の前の机の上に置き、中からチワワを取り出した。

「こいつを引き取ってもらえませんか？　もう手放したくて」

男が苦笑いを浮かべたのを見て、良太が眉を寄せた。

河野が良太の後ろから男に声をかける。

「どういうことですか？　まずは話を聞かせてください」

河野が客用の椅子を勧めると、男は乱暴に腰を下ろした。

「仕事帰りにペットショップで見かけたんだ。テレビでも話題になってたしさ。可愛いなって思って、思わずローンで買っちゃったんだけど、吠えまくるし、部屋のあちこちでシッコやフンはするし。癒してくれると思ったのに、真逆でさ。店にもクレームを言ったんだけど、渡した後のことはそっちの問題だって取り付く島もなくて。今どき返品を受け付けないなんて、ひどい話だろ？　それでここにやって来たんだ」

良太の怒りが、今にも爆発しそうな雰囲気が周囲にも伝わってくる。それを制するように河野が毅然《きぜん》と相手に話しかける。

「失礼ですが、しつけはちゃんとされましたか？　犬は何がいいことで何が悪いことなんてわかりませんから、飼い主が教えていく必要があるんですよ」

「え⁉　そういうのって、ペットショップでひと通りやってくれるんじゃないのかよ？」

男の言葉に、良太は「ふざけるな！」と怒鳴りそうになった。こういう身勝手な人間がいるから、悲惨な目に遭う犬や猫が後を絶たないのだ。

「人間と犬の感覚は別物です。シッポを振っていても、喜んでいる場合もあれば、ただ興奮しているだけのこともあります。だから、犬のことをよく見てあげる必要があります。犬用のおもちゃも、あなたが履いているスリッパも、教えなければ犬には区別がつかないんですよ」

河野の冷静な話しぶりに落ち着きを取り戻した良太が、援護に入ろうとすると、それより先に鉄が口を開いた。

「あんた、見た目はまともそうなのに馬鹿なのか？」

突然の出来事に、河野も、良太も呆気《あっけ》にとられて言葉が出なかった。

「はぁっ⁉　ば、馬鹿だと？」

「じゃあ聞くが、足し算や引き算はどうやってできるようになった？　漢字は？　自転車の乗り方は？　全部、誰かに教えてもらっただろ」

「それとこれがなんの関係があるんだ！」

「大ありだ。犬に物を教えるのは飼い主の役目だろ。飼い主が馬鹿だと犬は不幸になる。その犬はまさに大不幸だな！」

男は握った拳を震わせ、怒りをあらわにする。

一方、良太は困惑していた。まさか鉄がそんなことを言うとは思ってもいなかったからだ。言葉こそ乱暴だったが、良太が言いたかったことでもあった。

「なんなんだよ、偉そうに。お前、何様のつもりだ!!」

男はそう言い放つと、鉄から外した視線を河野に向けた。

「どうして俺が説教されなきゃいけないんだ？　引き取ってもらえるんだろうな。ここはそういう困った飼い主を救ってくれる場所だろ？」

しかし、河野は男にはっきりと告げた。

「当施設で預かれる犬や猫の数には限りがあります。今は部屋が全部埋まっているため、申し訳ありませんが、お引き取りすることはできません」

「じゃあ、どうすればいいんですか？」

男が河野にすがるようにたずねる。

「今日のところはワンちゃんと一緒に帰って、もう一度考えてみてはどうですか？」

「もう一度考える？　ここまでやって来て、それはないだろ！」

「帰れ帰れ！」

鉄は相手を煽《あお》るように、河野に続いた。

鉄の言葉に、河野の顔色が変わった。今まで見たことのない河野の硬い表情に、鉄は思わず口をつぐんだ。

「……あっそ、わかったよ」

沈黙が流れた後、男は肩の力を落としてそう言った。

「ったく」

男はバッグを持つと、事務所から出ていった。

扉が閉まり、事務所内に漂っていた重たい空気が少し和らいだ。

「ざまーみろ！」

鉄はしたり顔でそう言ったが、河野や良太の表情は硬かった。

良太が河野に深刻そうに確認する。

「あれって、たぶん……」

河野が無言でうなずく。事情のわからない鉄が河野にたずねる。

「え？　何？　どういうこと？」

河野は良太に「ちょっと見てきてくれるかな」と声をかけた。

良太はすぐに立ち上がり、事務所を出ると小走りで外へ向かった。

ちょうど良太が施設の玄関を出たところで、駐車場から車が勢いよく走り去っていった。運転席には、先ほどの男の姿があった。

良太が辺りを見回すと、ガサゴソという音とともに、かすかに鳴き声が聞こえた。その声の出所をたどっていくと、さっきの男の車が停まっていた駐車スペースに行き着いた。そこには男が持っていたバッグが置かれていた。

「やっぱり……」

良太が急いでバッグを開けると、中には先ほどのチワワがいた。チワワは状況がわかっていないのだろう。首をかしげ、つぶらな瞳で良太を見ている。良太は「もう大丈夫だ」と、優しくチワワを撫でた。

良太がチワワを連れて事務所に戻ると、鉄の表情が一変した。

「どういうことだよ？　さっきのヤツが捨てていったのか？」

「あぁ、そうだ」

「なんでだよ！」

鉄は壁に拳を叩きつけた。河野が優しく鉄の肩に触れる。

「鉄くん、八割なんだ」

「八割？　なんのことですか？」

「つらいことが八割なんだよ、この仕事は。一番大変なのは犬や猫たちの世話ではないんだ」

「えっ⁉」

鉄は河野の言葉に息をのんだ。

「大変なのは人間の心と向き合うことなんだ。こういう現実が山ほどある。だからといって、私たちは逃げるわけにはいかない。このようなコたちがいるかぎりはね」

これほど心に響く言葉を聞くのは久しぶりだった。鉄は言葉を返せなかった。ただぼう然と立ち尽くし、拳を強く握りしめた。


その夜、鉄は悔しくてなかなか寝つけなかった。無理やりビールを流し込んでも、眠気は訪れなかった。

あの男は好きでチワワを飼い始めながら、手に負えないからといって手放した。自分も小鉄を手放そうとしたが、あの男とは事情が違う。

初めはそう思った鉄だったが、考えてみると、お金目当てに小鉄を拾い、価値がないとわかったから元に戻そうとした自分も同類に思えた。鉄は自分のした行為がひどく後ろめたく感じられた。

犬は生き物であってモノではない。あの男はお金でチワワを買い、ゴミに出すかのように捨てていった。しかし、どのような理由があったにしても、生き物を捨てるという行為は許されるものではないだろう。鉄の心の中にさまざまな思いが駆け巡る。

ふと両親が離婚したときのことを思い出す。鉄が小学六年生のときのことだ。

夢を追うふりをして、厳しい現実から逃避していた父親。苦労を背負い一人頑張り続けていた母親。鉄は家庭が崩壊したのは父親のせいだとひどく憎んだ。

父親は多額の借金も抱えていた。母親はその肩代わりをしながら、鉄を育てるために朝早くから夜遅くまで懸命に働いた。

だから鉄は、いつも家では一人だった。あの捨て犬たちのように……。

その頃、隣に住んでいる良太は、午前零時を回っても黙々と勉強をしていた。

書棚には『犬種図鑑』『犬のしつけ』『犬の病気と適切な処置』など、犬にまつわる本がぎっしりと並んでいる。

良太がスマホのカレンダーをスワイプする。十二月一日の欄には、赤文字で「認定試験」と記されていた。

良太は両手で頬を軽く叩き、ノートに専門用語を書き連ねていった。

5

中学三年生の春、鉄は母親に知らない男性を紹介された。突然のことに驚いたが、その男性は父親とは比較にならないぐらいしっかりしていて、性格も良かった。母親によれば、同じ職場の医師で、同じく離婚経験者だという。小学五年生の娘がいて、鉄がよければ再婚したいとのことだった。

相手の家族と初めての顔合わせは、ホテルでの会食の席だった。学ラン姿の鉄とは対象的に、母親はめったに着ないよそ行きの服を着ていた。向かいには高級そうなスーツを着た男性と、淡いピンクのワンピースを着た女の子が座っている。

初めは全員ぎこちなく、目の前に出された料理を遠慮気味に食べていたが、次第に会話が弾み、笑顔が増えていった。鉄を除いては……。

男性は鉄に向かって「学校は楽しいかい?」「将来の夢はなんだい?」と、親しげに話しかけてくれた。でも、鉄はどうしても素直に答えることができなかった。父親がいなくなり、母親にも甘えられない孤独感を我慢してきたのに、その母親までも、見ず知らずの人間に取られてしまうのがたまらなく嫌だったのだ。

鉄は気持ちを抑えきれず、席を立って店を出ようとした。

すると、女の子も立ち上がり、鉄に駆け寄ってきた。

「お兄ちゃん」

鉄はそう呼ばれてとてつもない衝撃を受けた。すでに鉄が拒否できないところまで、話は進んでしまっているのだ。

鉄は振り向きもせず、そこから走り去っていた。


ラポールで仕事を始めて五日目。鉄の気持ちには、かすかな変化が起きていた。

これまで鉄にとって仕事は、生活に必要なお金を稼ぐためだけのものだった。しかし、ラポールで仕事をするようになって、それがすべてではないような気がしてきていた。

仕事帰り、鉄は真新しいペットショップの前を通った。鉄は吸い込まれるようにその店に入っていった。

店内には大勢の客がいた。「かわいい！」とか「萌え死にする～」とか、黄色い声が上がっている。

「お客様、どんな犬をお探しですか？」

「あ、いや……」

鉄は返事に困ってしまい、思わず顔を赤らめた。

「こちらのコはどうですか？」

店員はケージから仔犬を取り出した。その小さな頭を撫でながら、「生まれてまだ一カ月半ですよ」と笑顔で鉄に勧めてくる。

今までの鉄であれば、〝へーそうなんだ〟としか思わなかっただろう。しかし、まだ数日とはいえ、ラポールでいろいろ知識を得ていた。

生まれたばかりの犬はとても繊細で病気にかかりやすい。何よりも親の愛情が必要なことを良太から教わっていた。だから鉄には、目の前の店員が犬のことを一つもわかっていないように思えた。

「こいつって、買ったらすぐに持ち帰れるの？」

「ええ、お会計さえ済めばすぐに。分割払いも扱っておりますので、安心してご購入いただけます」

やはりこの店員はわかってない。鉄が表情を曇らせる。

「お客様、どうされましたか？」

鉄は無言で店を後にした。犬や猫のことがわかってきただけに、何もわからずに命を扱っている人間が憎らしく思えた。

どこのペットショップも同じなのだろうか……。鉄は自分が小鉄を売りにいったペットショップのことが気になった。時計を見ると十九時半。一番近くの店なら閉店前に間に合いそうだった。

小鉄を初めに売りにいったペットショップに入ると、犬の世話をしていた若い女性店員が「いらっしゃいませ」と明るく出迎えてくれた。しかし、女性店員は鉄の顔を見るなり、慌てて視線を犬に戻した。きっと鉄のことを覚えているのだろう。

「なあ」

「……はい」

鉄に呼びかけられた女性店員は少し怯えたように顔を上げた。しかし、すぐに安堵《あんど》の表情に変わった。鉄の後ろに店長が立っていた。

「あれ？　君は前にポメラニアンを売りにきた人じゃないか。うちはそういう店じゃないから来ても無駄ですよ」

「違うんだ。聞かせてくれ。この店ではお金を払えば、誰にでも犬を売るのか？」

店長と女性店員は顔を見合わせて目を丸くした。二人ともまた鉄がおかしなことを言いにきたと思ったに違いない。やれやれといった様子で、店長が答えた。

「うちは人を見定めています」

「見定めてる？」

「前にも言いましたが、うちは各犬の特徴や予防接種の重要性、病気のリスクなどをしっかりお伝えしています。そのうえで、犬を飼う気持ちのある方にしかお渡ししていません」

鉄は「ありがとな」と言うと、店を立ち去った。


鉄がラポールで働き始めてから、初の休日が訪れた。

今まで休みといえば、競馬やパチンコといったギャンブルに遊びふけっていた鉄だが、この日は近くのレンタル店で珍しく、映画のＤＶＤを借りた。

普段、鉄が観る映画といえば、アクションや戦争ものが多い。しかし、借りてきたのは昔に大ヒットした、南極観測隊と犬たちの物語だった。昨日たまたま河野が休憩時間に話していたのを聞いて気になったのだ。

鉄は最初、南極で活躍した犬の成長を描いた作品だと思い込んでいたが、想像とはかけ離れていた。映画が終わったとき、鉄は号泣していた。なぜ泣いているのか自分でもわからなかった。鉄は無性に恥ずかしくなり、洗面所で顔を洗った。

人間は想定外のことが起こると動揺するが、犬は過酷な状況下でも冷静に対処する。人間より優れているところがたくさんあるのだと、鉄は思った。

タオルで顔をぬぐうと、鉄は鏡に映る自分の顔を見つめた。

週明けの月曜日、二日ぶりの仕事から帰ってきた鉄はベッドに倒れ込んだ。外はかなり寒くなり、本格的な冬が訪れようとしていた。

仕事は地味でつらく、そしてダルい。休み明けはなおさらだった。先週に比べれば、仕事の勝手はだいぶわかってきたが、他のスタッフたちのように熱中するほど愛着を持つことはできなかった。

ただ、小鉄と名づけられたあのポメラニアンと接するときだけは、不思議と鉄の心は穏やかになった。小鉄は相変わらず吠えない。時折怯えたような素振《そぶ》りを見せるが、それでも他のスタッフよりは自分に懐いているように思えた。

鉄はベッドの上で横になりながら、先日施設に来たあの男のことをまた思い出していた。憂鬱になることがわかっているのに、毎晩のように頭に浮かんでくるのだ。

見た目は真面目そうだったし、ちゃんとした仕事にも就いているように見えた。それなのに、どうしてあんなひどいことができたのだろう。短い間でも、一度は飼った犬なのだ。自分の場合は……飼う気などなかった。ただ売れるかもしれないと思って拾っただけだ。

「俺は別に悪いことなんかしてねーし」

鉄は誰に言うでもなく、そう口にした。言い訳したところで、自分もあの男と同類だという思いは消えてくれなかった。小鉄の命を救ったのはラポールだ。良太と知り合ってラポールに行かなければ、小鉄と再会することもなかっただろう……。

これ以上考えても、気分が沈むだけだと思い、鉄は起き上がった。とりあえず夕食にしようと思ったが、食材もビールも切れていた。

「……ったく」

鉄はコンビニへ行こうと財布を手に取り玄関へ向かったところで、あることを思いついた。

「そうだ、どうせだったら……」

鉄の顔が思わずほころんだ。

「あら、あなたはこの前の……鉄くんよね？」

鉄が訪れたのは、先日良太に連れてこられたおでん屋だった。

「一週間ぶりかな。覚えててくれたんだ」

女店主の朗らかな笑顔と明るい雰囲気は、まるで自分と同世代ではないかと錯覚させるほど生き生きとしている。

「今日は一人？」

「ん、まあね」

鉄は椅子に座ると、お気に入りのおでんとビールを注文した。

「聞いたわよ。良太くんのところで働き始めたんだって？」

「え、あ……まあな」

鉄は出されたビールを飲みながら、自分のことについて、良太が女店主と話をしていることに少し驚かされた。

女店主はおでんの鍋ごしに顔を近づけてきて、鉄の顔をまじまじと見つめた。

「な、なんだよ」

「いや〜、似てるかなって思って」

「似てる？　誰と？」

「良太くんがね、『彼は僕に似てる』って言ったのよ」

「はあ？」

鉄は素っ頓狂な声を出し、手に持っていたグラスを危うく落としそうになった。

「そんなわけねーだろ！」

良太は見た目も性格も真面目そのものだ。もちろん顔も似ていない。強《し》いて言えば、似ているのは身長と体重くらいだった。

「何考えてんだ、あいつ……」

鉄には良太の頭の中がまったく理解できなかった。

「まっ、顔や見た目が似てるってわけじゃないと思うけどね」

女店主が笑いながら言った。

「だけど、たしかにあなたたちって、なんとなく似てるかも」

「だからー」

「似てると思ったから、良太くんはあなたを職場に誘ったんだと思うわ」

「えっ？」

「大根、ちょうどいいわよ」

鉄は「じゃあ、それを」と返事をしながら、女店主の言葉を整理していた。

「彼ね、あそこで働くまで、仕事を九回変わってるんですって」

「え……」

一瞬、鉄は自分のことを言われたような気がした。

「理由までは教えてくれなかったけど、どんな仕事をしてもうまくいかなかったみたい」

「そうだろうな……」

鉄は自分の過去と重ねていた。

「彼ね、親ともあまりうまくいっていないみたいよ」

「親と？」

「ええ。あなた一人暮らしなんでしょ？　だから、他人事に思えなかったんじゃないかしら」

女店主はそう言うと、大根を鉄の皿の上に置いた。そのとき、サラリーマンふうの二人連れが屋台を訪れた。

「あら、いらっしゃい」

女店主は常連客らしい二人連れと、楽しそうに会話を始めた。

鉄は大根を食べながら、良太のことを考えていた。どうして良太が自分をラポールに誘ったのか、少しわかったような気がした。

女店主が言うように、もしかしたら良太とは似た者同士なのかもしれないと思った。だが、嬉しくはなかった。

「くそっ、なんなんだよ……」

鉄はボヤくと、グラスのビールを一気に飲み干した。

もやもやした気持ちのまま、鉄は帰宅した。部屋に入るなり大きなため息をついた。

良太は哀《あわ》れみから仕事を紹介したのだろうか。もしそうだとしたら、これほど屈辱的なことはない。しかし、たとえ屈辱的だったとしても、今仕事を辞めるわけにはいかなかった。

「なんだよ、見下しやがって」

やり切れない思いが心の中でこだまする。鉄は気分を変えるため、風呂に入ろうと思った。服を脱ぎ始めたところで、テーブルの上のスマホが鳴った。鉄は上半身裸のまま、面倒くさそうにスマホの画面を見た。

次の瞬間、鉄の目が大きく見開かれた。画面には『西村咲《にしむら》』と表示されている。鉄の元恋人からだった。

別れてから一度も連絡をもらったことはなかった。もちろん、鉄から連絡をとったこともない。動揺とかすかな期待で心が乱れる。

鉄は慌ててスマホを手に取ると、一つ咳払《せきばら》いをしてから電話に出た。

「もしもし」

「鉄くん、久しぶり」

外からなのだろう。電話の向こうから、車や人の声が聞こえる。

「あぁ……。俺は元気だったけど、お前は？」

「私？　まあ、ボチボチやね」

そのイントネーションに、鉄の口元が緩む。関西出身の咲は標準語に交じって、ときどき関西の方言を口にしていた。

二人は同棲していた。咲は料理を作るのが好きで、しかも上手だった。冬の時期、家で夕食を食べるときは決まって鍋だった。

〝一つの鍋を二人で食べるのって、なんか一緒にいるって感じがするよね〟

鍋を置いた小さなテーブルを挟み、いつも咲は嬉しそうにそう言っていた。

〝めっちゃ美味しい！〟

なんだかホッとした気持ちになれるから、鉄は咲の言葉を聞くのが好きだった。

咲の声を聞くのは約一年半ぶりだった。鉄から自然と笑顔がこぼれる。壁にもたれて、咲の近況を聞こうとしたところで、鉄の気持ちとは裏腹に、咲はあっさり本題に入った。

「ところで、今度香港に旅行に行くんだけどさ、パスポート探してて。それで思い出したんだけど、たしか鉄くんの部屋に置きっぱなしだったよね」

「香港？　誰と行くんだよ」

「鉄くんには関係ないでしょ」

淡い期待が崩壊したと同時に、現実という刃《やいば》が胸に刺さる。

新しい恋人と行くのだろうか？　いったいどんな輩《やから》だろう？　余計な感情が鉄の身体の中を駆け巡る。

「悪いんだけど、ちょっと時間がないんだ。ほら、部屋の隅にあった木の箱。鳥の絵柄が彫ってあるやつ。あの中にあるはずなの」

「あぁ……あれだったら使わないから、他の荷物と一緒に実家に送ったけど」

「えー!?　困る。すぐに送ってもらって！」

「はあ？」

実家に連絡を入れなければならないと思うと、鉄は気が重くなった。親と話をするのは嫌だが、そんな言い分を咲が聞き入れるはずがない。ひとまず、パスポートが届き次第連絡するからと伝えると、鉄は一方的に電話を切った。

「あ～、めんどくせー」

鉄は誰に言うでもなくボヤいた。だが、ボヤいたところで解決はしない。やむを得ず、最終手段をとることにした。

「もしもし。あー、ちょっと頼みたいことがあるんだけど」

電話をかけた相手は妹の玲奈だった。

鉄は端的に用件を伝えた。幸い玲奈は実家から大学に通っているので、パスポートを送ることくらい、たいしたことではないはずだ。

玲奈は黙って用件を聞いていたが、鉄が話し終えると、「それはまぁいいけど」と触れてほしくない話題を持ち出した。

「そんなことより、お兄ちゃん、ちゃんと働いてるの？」

「一応な」

「今度は何？　また工場？」

「違う」

「コンビニ？　それとも道路工事？」

「アニマルシェルター」

「はあ？」

玲奈は思わず聞き返した。

鉄はラポールのこと、そこで働くようになった経緯を手短に説明した。

「お兄ちゃん、動物とか好きだっけ？」

「好きじゃねーけど、別にいいだろ」

「今度はちゃんと続きそう？」

「そんなのわかるわけねーだろ」

どの仕事も最初からすぐに辞めるつもりはない。ただ、長続きしないだけだ。

「まっ、悪いことしてないなら、それでいいけど」

玲奈は電話の向こうで一人納得したようだった。

「そういうお前こそ、就職どうなんだよ？　来年卒業だろ？」

「ホテルの厨房《ちゅうぼう》スタッフに決まったの。いつか自分でスイーツのお店を開きたくって」

「そっかぁ。お前、昔から料理作るの好きだったもんな」

「お兄ちゃんも、ちゃんと夢見つけてね。たまには実家にも帰ってきなよ」

「あ、あぁ……」

鉄は曖昧な返事しかできなかった。

すると、玲奈は鉄の気持ちを察したのか、話題を変えた。

「そうだ、小学校の同窓会の案内状が来てたよ」

「元町小の？」

「うん。来月やるみたい」

「同窓会か……」

一瞬、懐かしさが込み上げて、鉄の口元が緩んだ。小学校時代は鉄にも仲の良い友達が何人かいた。

「……案内状は……捨てていいよ」

「えっ⁉」

「そんなの行っても意味ねーし」

いまさら再会したところで何も生まれない。今の自分は同級生に会っても疎外感を抱くだけだろう。惨めな思いをするぐらいなら行かない方がマシだと思った。

「パスポート、送ってくれよ」と玲奈に念を押すと、鉄は電話を切った。

二日後、早速パスポートが送られてきた。封筒には、パスポートとは別に茶封筒が入っていた。中をのぞいてみると、一万円分のプリペイドカードと手紙が入っていた。

不思議に思って手紙を開いた瞬間、鉄の表情が変わった。

《元気にやっていますか？
母さんはいつもあなたのことを気にかけています。
いい大人なので、何をやってもいいけど、
病気や事故に遭わないことだけを願っています。
母より》

「おふくろ……」

鉄は手紙をそっと閉じると、しばらくその場に立ち尽くしていた。

数日後、鉄は休日を利用して、幸和駅から急行で六分の三木《みき》駅に来ていた。

久しぶりの人の多さに、鉄はめまいを覚えた。休日を楽しむ人々をよけながら、駅前の広場の一角にある銅像の前に向かった。この街で待ち合わせといえば、この銅像前が定番である。

五分ほど待っていると、前方から約束の相手が駆けてきた。

「ごめ～ん、待った？」

サックスブルーのジャガードニットに、フレアスカート。髪はレイヤーボブで、健康的しまった。

な肌に薄っすらと化粧がのっている。以前よりも大人びた咲を見て、鉄は思わず見入って

「どうしたの？」

「あぁ……」

鉄はすぐに言葉が出てこなかった。

「久しぶりに会ったんだし、ちょっとお茶でもしよっか」

「そうだな」

鉄は咲とともに人ごみを抜け出した。


「その皮ジャン、まだ着てるんだね」

駅前のファミレスに入り、向かい合わせの席に座った咲が、鉄の着ていたフェイクファー付きの革ジャンを見て微笑んだ。

「まともに着れるのこれぐらいしかねーから」

仕事に行くときも、鉄はいつもこの皮ジャンを着ている。高校時代にアルバイト代を貯めて購入したものだった。あれから八年経つが、秋から冬の終わりまで、いつもこの一着でやり過ごしていた。

「もうちょっとオシャレすればいいのに」

「そんな金ねーよ。それに、あんとき頑張った〝証《あか》し〟っていうやつ？　勲章みたいなもんだな」

「ふーん。そんな過去の勲章、さっさと脱ぎ捨てちゃえばいいのに」

咲はカラカラと笑い声を上げた。

水を運んできた若い女性店員が注文をたずねる。

「私、このチーズケーキセット。飲み物はジャスミンティーで。鉄くんは？」

「俺はドリンクバーでいいよ」

鉄はメニューにも目を通さずに、間髪入れず、そう返事をした。

咲は目の前の鉄の様子をじっと見つめて、小声でたずねた。

「まだ借金あるの？」

「まぁな……」

「もしかして、増えたりしてる？」

「それはない。減ってもないけど」

「それなら、まあ、よしとするか」

咲はまた微笑んだ。

鉄は咲と話すといつも不思議な気持ちにさせられた。物言いはストレートだが、だからといって不愉快な気分にはならない。むしろ安堵するくらいだった。

二人は別れてから一年半の出来事を互いに話した。咲は変わらずアパレルショップで働いていた。その間に鉄はバイトを十回変えた。

咲はあきれつつも、現在、鉄がアニマルシェルターで働いていると知り、興味深そうに身を乗り出した。

「鉄くんが動物好きなの初めて知った」

「妹にも同じこと言われたけど、別に好きだからそういう仕事してるわけじゃねーから」

「そうなんだ。だけど似合いそう。鉄くん、優しいもんね！」

「優しい？　俺が？」

やっぱり咲は変わっている。鉄は付き合っていた頃からずっと思っていた。フリーターで生活は不安定。無愛想で恋人を喜ばせることなど何一つできない男を、咲は好きになってくれたのだ。一年ほどの短い期間だったが、鉄にとってはこれまでの人生で唯一と言ってもいいくらい幸せな時間だった。

できれば、今からでもやり直したかった。パスポートを郵送ではなく手渡すことにしたのは、その想いがあったからだった。

しかし、今から一時間ほど前、このファミレスで向かい合わせに座った瞬間に、鉄の想いは打ち砕かれていた。咲の左手の薬指に指輪が輝いていたからだ。

指輪に気づいた鉄は、動揺しながらも真っ先にたずねた。

「お前、結婚したのか？」

「あぁ、これ。そういうのじゃないけど、彼氏がプレゼントしてくれたから付けてるんだ」

そう言って咲は幸せそうに微笑んだ。その笑顔を目の当たりにして、鉄はもう過去には戻れないことを悟ったのだ。

話も尽きた頃、鉄はポケットからパスポートを取り出し、テーブルの上に置いた。笑顔で「ありがとう。旅行楽しみにしてるんだ」と礼を言う咲に、鉄は誰と行くかはたずねなかった。

帰り際、鉄は咲を駅の改札口まで送った。その道すがらも、咲は相変わらず明るく、一緒にいて楽しかった。鉄が黙っていても一人で話をしている。

咲のいいところは、それが自分の話題だけではないことだ。鉄の仕事も笑顔で応援してくれた。決して形だけではなく、心から励ましてくれているように思えた。

「ありがとうな」

鉄は咲と会ってよかったと思った。

「とりあえず仕事頑張ってみるよ。犬や猫のことはまだよくはわからねーけど、あいつらなんとなくかわいいし」

適当にそう言ってみたが、実際に口に出すと、あの犬や猫たちに妙な愛着が込み上げてきた。そんな自分に鉄は思わず苦笑いした。

「そう言えばねぇ……」ふいに咲が鉄に顔を向けた。「鉄くんの話を聞いてて、子供の頃のこと思い出しちゃった」

「なんだよ？」

「犬のこと。鉄くんの働いてるところって、保健所から犬を引き取ったりしてるんでしょ？」

「あぁ、そうだけど」

「小さな頃ね、私の近所の犬も保健所に連れていかれちゃったんだ」

咲はその犬のことを話し始めた。

「小学校のとき、通学路の途中にあった家が柴犬を飼ってたの。仔犬の頃から知ってて、学校の行き帰りに、その犬に挨拶するのが日課だったんだ」

「もしかしてその犬が？」

咲は表情を曇らせながらうなずいた。

「五年生のときだったかな。ある日突然いなくなっちゃったの。朝はいたのに、帰りにはいなくなってて。家に帰ってお兄ちゃんに聞いたら、保健所に連れていかれたらしいって」

「どうして？」

「話によるとね、その数日前に近所の中学生を噛んだんだって。その中学生が棒で突《つっ》いてからかったせいなんだけど、飼い主の人はこれ以上飼えないって思ったみたいで」

「なんだよ、それ。悪いのはその中学生なんだろ？」

「それはそうだけど、やっぱり人間を噛んで怪我させちゃったから……」

咲は視線を落とした。

「最後に見たとき、その犬、いつものように犬小屋のそばで寝転んでたの。おはようって言ったら、頭だけをこっちに向けて。名前も知らないし、撫でたこともないけど、あのときの姿がずっと記憶に残ってるんだ」

咲は視線を上げて再び鉄に顔を向けた。その目は悲しそうだった。鉄はどう声をかければいいかわからず、ただじっと咲を見つめていた。

駅の改札口までやって来た咲は、「今日はありがとう」と言った。

「こちらこそ。久しぶりに会えて楽しかったよ」

「今度飯でも食べよう」という言葉が、鉄の口元まで出かかったが、なんとかのみ込んだ。

「じゃあね。仕事頑張ってね」

「あぁ。お前も頑張れよ」

改札口の向こうで手を振る咲に、鉄も小さく手を振って応える。咲の姿が見えなくなると、鉄はその手をゆっくり握りしめた。手のひらは汗ばんでいた。

保健所に行ってしまった柴犬は、アニマルシェルターに保護されただろうか。

鉄は妙に小鉄に会いたかった。

6

良太は黙々と勉強をしていた。机に広げているのは、ドッグトレーナーになるための参考書だ。この数カ月、帰宅後、毎日四時間ほど勉強している。

子どもの頃から勉強は得意だったが、改めて振り返ると、当時は教師や親に褒められたくて勉強していただけのように、良太は思った。

でも、今は違う。大切な命を守るというたしかな目的がある。そのために、必要な知識や技術を少しでも身につけたいと心から思っている。だから大変でも、つらくはなかった。

参考書を読み終え、ノートにポイントをまとめているときだった。スマホの着信音が鳴った。相手は母からだった。でも、良太は電話に出ようとしなかった。

良太の実家は青森県でクリーニング店を営んでいる。良太が小学四年生のとき、父親は心筋梗塞で亡くなった。以来、母親が一人で店を切り盛りしながら、一人息子の良太を育てた。今日も遅くまで働いていたのだろう。

そんな良太の母親も還暦近くなり、身体だけでなく、気持ちも弱くなっていた。良太に店を手伝ってもらいたい。それが無理でもせめて、地元で仕事を見つけて、一緒に暮らしてもらいたいと思っていた。

良太はもう何年も帰っていない実家の食卓を思い出した。小さなテーブルに椅子が二つ向き合っている。良太は母親が一人であのテーブルで食事をしている姿を想像し、思わずスマホを強く握りしめた。しかし、通話ボタンは押せなかった。

電話が鳴りやみ、部屋に再び沈黙が訪れる。

母親には感謝している。しかし電話には出たくない。なぜなら電話に出てしまったら、〝あの出来事〟を許してしまうことになるからだ。

良太は暗くなったスマホの画面をしばらく見つめ続けていた。


翌朝、良太はいつものように七時半に家を出た。鉄とは部屋は隣同士でも、待ち合わせて出勤することはなかった。そんなことをしなくても、幸和駅まで歩く間に、必ずどちらかが追いついて、同じバスに乗り合わせることになる。

ところが今日に限って、良太が駅のバス停に着いても、鉄の姿はなかった。鉄がラポールで働き始めて二週間が経つ。そろそろ仕事が面倒になってきてもおかしくない頃だった。ただの寝坊ならいいが、突然辞めてしまうこともあり得る。良太はバスに揺られながら、少し心配になった。

ラポールに到着して建物に入ると、入り口付近で琴美と明日香が話し込んでいた。

「おはよう」

良太が二人の脇をすり抜け、ロッカーへ向かおうとすると、明日香に呼び止められた。

「ねぇ、朝から大変だったのよ」

「えっ？」

「神楽さんよ」

「彼がどうかしたの？」

辞めるという電話でも入ったのだろうか。良太がそう思っていると、明日香が意外なことを言い始めた。

「彼、今日六時半にここに来たらしいの」

「そんなに早く何しに？」

「犬の散歩。小鉄をケージから出して、散歩させてたらしいの」

「散歩!?」

ラポールでは毎日担当者が決まった時間に犬を散歩させている。数頭まとめて散歩させるのだ。

「それも、公園をリードなしで走らせてたんだって。それを近所の人に見られて、さっき事務所に苦情の電話がかかってきたのよ」

たまに公園でリードをつけずに犬を遊ばせている飼い主を見かけるが、あれはとても危険な行為だ。思いがけず逃げ出して行方不明になったり、普段はおとなしい犬でも、見知らぬ人間がそばによると、警戒して噛みついたりする恐れもある。

鉄は仮にもラポールのスタッフである。アニマルシェルターの人間が公園でリードなしで犬を遊ばせるのは、前代未聞の出来事だった。

「どういうつもりなんだ……」

良太の声に怒気がこもる。すると、琴美が口を開いた。

「小鉄を喜ばせようと思ったんじゃないですか？」

思いもしない琴美のひと言に、良太は言葉をなくした。

「この前、一緒に世話をしてるとき、『ケージに入れられてばっかりで可哀想だよな』って言ってたんです。ちゃんと散歩に連れてってますよ、とは話したんだけど……」

「……ったく」

良太は吐き捨てると、すぐ事務所へ向かった。ドアを開けると、河野の前に鉄が立たされて注意されているところだった。

「今度からは気をつけるんだよ」

「すみません」

頭だけちょこっと下げる鉄を見て、良太の怒りは頂点に達した。鉄の前に歩み寄ると、開口一番「勝手なことをするな！」と怒鳴った。

「君のせいでラポールの評判が落ちたらどうするんだ」

「ちょっと小鉄を散歩させたかったんだよ」

「散歩の時間は決まっている。好みの犬だけを散歩させるなんて、もってのほかだ！」

「そ、そういうんじゃねーけど……」

鉄が口ごもる。それを見て、河野が優しい笑みを浮かべて代弁した。

「彼、謝りたかったんだって」

「謝りたかった？　誰にですか？」

「小鉄にだよ。保健所の前に捨てて申し訳なかったって」

「それって……」

良太が顔を向けると、鉄はばつの悪そうな顔をした。

「この仕事始めてさ、なんか小鉄に悪いことしたなぁって思うようになったんだよ。お詫びに伸び伸びさせてやりたくて……」

鉄の左手にはささみのジャーキーが握られていた。鉄は本当にただ小鉄に謝りたかっただけなのだ。

「まあ、彼も反省してることだし、苦情の電話を入れてきた相手には、私から謝っておくよ」

河野がそう言うと、鉄は「すみません」とまた小さく頭を下げた。本当に申し訳なさそうな顔をしている。

普段の生活も、人との接し方も、仕事も、神楽鉄という人間はすべてにおいて不器用なのだと良太は悟った。河野はそんな鉄を理解しているから、優しく接することができるのだろう。良太は自分はまだまだ人を見る目がないと痛感した。

「それで沢田くん、午後から保健所に犬猫を引き取りに行く件なんだけど、今日から神楽くんにも来てもらおうと思ってるんだ」

河野は「そろそろ新しい仕事も覚えないとね」と鉄に言うと、良太を見た。

「いいよね、神楽くんを連れていっても？」

「ええ、別に僕は……」

良太は曖昧に答えることしかできなかった。

昼食を終えると、良太は河野と鉄と一緒に車に乗り込んだ。

「またあの保健所に行くんスか？」

鉄は後部座席から身を乗り出し、車を運転する河野にたずねた。〝あの〟というのは、小鉄を捨てた動物相談センターのことだろう。

「そうじゃないよ。今日は別の保健所だ」

河野は定期的にいくつかの保健所や管轄の収容施設を回っていることを説明した。幸和市の動物相談センターもその一つだ。鉄は「うわ～、大変スねぇ」と、まるで他人事のように聞いている。

二人のやりとりに、良太は小さなため息をついた。

「君もこれから定期的に保健所に行くことになるんだ。今日は見学気分でもいいけど、次回からはそうはいかないからね」

「わかってるって。俺、仕事覚えるの結構早いし」

それはあり得ない。良太はそう思ったが、あえて何も言わなかった。

車は高速道路を走り、県西《けんせい》に位置する獅子武《ししぶし》市の収容施設に着いた。

玄関先で男性職員が出迎え、鉄たちを建物内に案内する。男性職員とラポールの三人は、犬猫のいる部屋へと向かった。

全員白衣に着替え、白い長靴を履く。堅い鉄格子《てつごうし》を二つくぐり抜けると、左右にはいくつもの檻《おり》が続いていて、中には犬や猫たちがいた。

犬たちは興奮気味に激しく吠えている。部屋は薄暗く、ラポールの雰囲気とは違って重たい空気が漂っていた。

鉄は柵越しに犬を見ていく。成犬もいれば仔犬もいる。足を引きずっている犬もいれば、元気がなくうずくまったまま動かない犬もいる。ラポールで保護している犬の数よりもはるかに多い。

鉄はかなりの数の犬が首輪をしていることに驚いた。つまり、飼い主がいたということだ。思わず良太にたずねる。

「ここにいる犬を全部引き取るのか？」

「そうしてあげたいが、さすがにそれは無理だ。今日は十頭ほど引き取ろうと思ってる」

「そっか……」

鉄がしゃがむと、犬たちがそばに寄ってきて、鉄に飛びつかんばかりに近づこうとしている。

鉄が檻のそばで犬を見ている間、河野はどの犬を引き取るか、保健所の職員を交えて相談していた。鉄は立ち上がり、河野の方を一瞥してから、良太に話しかけた。

「なあ、アニマルシェルターって他にもあるんだよな？」

「あぁ。でも、数はまだまだ少ないけどね。あとはボランティア団体が自主的に活動してたりする」

「じゃあ、引き取れなかった犬とか猫は、ペットショップが引き取るのか？」

「そういう試みをしているところもあるけど、ペットショップにいるのは、ほとんどがブリーダーから買い取った犬や猫だ。保健所の犬や猫を扱うところなんて、ほとんどないと思っていい」

「じゃあさ、誰にも引き取ってもらえなかった犬や猫はどうなるんだよ？」

「それは……」

良太は口ごもった。そのとき、鉄と良太の前を横切るように、保健所の職員二人が奥にある重厚な鉄の扉の部屋に入っていった。

しばらくすると、部屋の奥から機械音が聞えてきた。それは低く、胸の奥まで響く、不気味で、不快な音だった。

「なんの音だ？」

「あれは……」

良太はその音の正体を知っている。ここを訪れるかぎり、避けることができないものだ。

良太はじっと鉄の顔を見つめた。すると、先ほど出迎えてくれた保健所の職員がつぶやくように言った。

「あれは、処分されている音だよ……」

「処分？」

「犬や猫が殺処分されているんだ」

保健所の職員がそう言うと、鉄は途端に表情を強張《こわば》らせた。

「やめろ！　今すぐやめさせろ!!」

鉄は保健所の職員の胸ぐらを掴んで声を張り上げた。鉄の声がコンクリートの壁にぶつかり、幾重も反響する。

鉄は、先ほど保健所の職員が入っていった鉄の扉に向かって走った。そして、「関係者以外立ち入り禁止」と書かれているその扉を、強い力で何度も叩いた。あまりの騒々しさに、中から一人顔をのぞかせた。

開いた扉の隙間から鉄が部屋の中を見ると、モニターが二つ並んでいて、その下には何色ものボタンがあった。モニターには、狭い部屋に押し込まれた五、六頭の犬が映し出されていた。

「神楽くん！」

後ろから河野と良太が走ってきて、鉄を扉の前から引き離した。

「やめろ！　離せ！」

良太が鉄を制止し、河野は部屋から顔をのぞかせた保健所の職員に平謝りする。

「ここにいる犬や猫が殺される？　どうしてそんなことができるんだよ！」

保健所の職員が再び部屋の扉を閉めると、良太が鉄に諭《さと》すように話した。

「勘違いしてはいけない。ここの人たちは犬や猫が大好きなんだ」

「じゃあ、なんでこんなひどいことをするんだよ。ここにずっといさせてやればいいじゃないか」

河野が鉄に厳しい現実を告げる。

「ここに来る犬や猫はいろいろな事情を背負っている。その理由はどれも人間が原因だと言ってもいい。犬や猫に罪はない。でも、飼育には、餌代や施設代、治療代、世話する人の人件費など、たくさんお金がかかるんだ。ラポールと同じように、保健所が預かれる犬や猫の数には、限界があるんだよ」

「だからって、殺すなんて……」

鉄の拳が固く握りしめられていることに、良太は気づいた。

「神楽くんも、ラポールのスタッフだから知っておかないといけないね」

河野は鉄にそう話しかけた。その顔はいつもの優しげなものではなかった。

「ここに運ばれてきた犬や猫は名前では呼ばれない。数字で呼ばれるんだ」

「数字？　どういう意味だ」

「犬たちはここに来て一週間すると、檻からある部屋へ移動させられる。その部屋に数十頭ほどが集められると、鉄製の壁がゆっくりと動き始める。さっき聞こえた音はその壁が動いている音だったんだよ」

河野がそう説明しても、鉄はなぜ壁を動かすかはわからないようだった。それを察したのだろう。河野は「壁が動く理由はね」と話を続けた。

「犬を一カ所に追い込むためだ。犬たちは迫ってくる壁に逆らうことができず、部屋の隅にあるもう一つの小さな部屋に追いやられていくんだ。俗称で〝ドリームボックス〟と言われているが、事実は〝処分機〟だ。狭い部屋にガスが注入されるんだ」

「ガス？」

「二酸化炭素だよ。二酸化炭素は哺乳類《ほにゅうるい》の呼吸中枢《こきゅうちゅうすう》を麻痺《まひ》させる。犬たちはそのガスを吸ってフラつき、やがて昏睡《こんすい》して倒れる。十分間経過するとガスを注入するのをやめ、その後、十五分間放置する」

「犬たちは？」

「もちろん死んでるよ。死んだ犬たちを最後に焼却処分するんだ」

河野は鉄をじっと見つめた。

「僕たちが預かることのできる犬はほんのわずかだ。ほとんどの犬は保健所に連れてこられたら、そのまま殺処分になる。保健所に犬や猫を引き取ってもらったり、飼い主がペットを捨てたりすることは、つまり、〝殺処分してもらう〟ことなんだ」

「なんだよ、それ……」

「すべて人間が原因なんだよ。責任感のない飼い主や悪質なペットショップ、ブリーダーが引き起こしていることなんだ」

鉄はフラフラと部屋の中を歩き始めた。

「神楽くん……」

良太は慌てて鉄のそばに駆け寄った。鉄は檻の中に同じ犬種の犬が何頭もいることに気づいた。

「なんでこんなに同じ種類の犬ばっかいるんだよ？」

「悪質なブリーダーが人気の犬種を産ませすぎたんだ。その売れ残りだ」

「ふざけんなよ……何考えてんだよ……」

鉄は怒りに満ちた声でそうつぶやいた。河野が鉄の肩に手を置き、語りかける。

「このコたちに新しい飼い主を見つけることは大切だ。だけどそれ以上に、捨てられない命、望まれない命をなくしていくことが重要なんだよ」


夕方、事務所に戻ってくると、良太は鉄が席を外したのを見計《みはか》らって、書類仕事をしている河野に声をかけた。

「殺処分の話、神楽くんにはまだ早すぎたんじゃないでしょうか？」

以前、事実を知った若い男性スタッフが、その翌月に仕事を辞めてしまったことがあった。保健所に犬を引き取りに行くたびに、殺処分のことを思い出してしまい、耐えられなくなってしまったそうだ。

良太もその気持ちはよく理解できた。すべての犬や猫を救えるわけではない。引き取れなかった犬や猫たちは、次回訪れたときにはもういないのだ。

鉄はまだ現実を直視できる段階ではないと、良太は思っていた。そばの机で作業をしていた琴美や明日香も、心配そうに良太たちの話を聞いている。

すると、河野が優しく微笑んだ。

「僕は決して早いとは思わないよ」

河野は書類を書く手を止めて良太を見た。

「僕も今朝の出来事がなければ、沢田くんと同じ気持ちだったかもしれない」

「朝の出来事っていうのは、彼が小鉄を勝手に散歩させたことですか？」

「そうだよ。たしかに、小鉄のリードを外して公園で遊ばせたのはよくない。だけど、苦情の電話をかけてきた人に神楽くんは『これから気をつけます。よかったら、ここにいる犬たちの状況を、今度、話しに行ってもいいですか？』と言ってたんだよ」

「それって……」

「彼がここに来てまだ二週間しか経っていない。お世辞にも仕事ができるわけではない。だけどね、この仕事にとって大切なのは、仕事ができる・できないじゃない。まずは変わろうとすること。彼はたった二週間で、ほんのわずかだけど、その気持ちを持ち始めたんだと思うんだ」

河野の言う通り、鉄に少し変化を感じているのは良太も同じだった。

「大丈夫。彼は辞めたりしないよ。むしろ今まで以上にこの仕事について、真剣に考えるようになると思うけどね」

河野はそう言うと、書類に視線を戻し、作業を再開した。

良太は納得したわけではなかったが、自分の心の内をうまく言葉にできなかった。

夜、帰宅した良太は机の前に座り、目の前の壁を見つめていた。壁の向こうには鉄がいる。今頃、殺処分の現実を知り、悩み苦しんでいることだろう。

河野は辞めたりしないと言っていたが、良太にはそう思えなかった。鉄は自分と似ている。つまり、それほど心が強くないということだ。そして、困難からも逃げがちだ。

ふと良太はあることを思い出した。

良太が小学五年生のときのことだ。突然クラスメイトたちの無視が始まった。

理由は父親が亡くなり、母子家庭になったからだ。授業参観で親の仕事について作文を発表したとき、他の子はみんな父親の話だったのに、良太だけが母親の話だった。クラスのリーダー格から「お前の家は変わっている。普通じゃない」と嘲笑《あざわら》われ、周りのクラスメイトたちも同調するようにはやし立てた。

その日から良太は学校へ行くのが嫌になった。あからさまに無視され、陰口を言われる。暴力をふるわれたわけではないが、ものすごくつらいことだった。良太は日に日に孤独感を増していった。

状況を変えたいと焦りつつも、解決策は何も浮かばなかった。だから良太も、クラスメイトたちを避けるようになった。

なんとか毎日をやり過ごし、誰かが自分のために動いてくれることを祈り続けた。しかし、救世主が現れることはなかった。

六年生になってクラスが変わっても、良太には相変わらず友達ができなかった。それが無視されているせいではなく、〝誰からも相手にされていない〟ことに気づいたのは、二学期に入ってからだった。いつしか良太は誰の目にも留まらない存在になっていたのだ。

そんなある日の帰り道、路地で仔猫に出会った。仔猫は靴の箱に入っていた。おそらく誰かの飼い猫が子どもを生んで、その処理に困ったのだろう。

良太は箱の中でうずくまっている仔猫を見て、自分と同じだと思った。

気がつくと、良太は仔猫を箱から取り出して胸に抱いていた。仔猫は良太の温もりを感じたのか、小さな鳴き声を上げた。

「大丈夫。もう大丈夫だよ」

頭を撫でると、仔猫はまた小さな鳴き声を上げた。良太は嬉しかった。しかし、母親にこの仔猫を飼いたいと言っても、反対されるのは明白だった。

去年、母親にインコを飼いたいと言ったとき、「ウチにペットを飼う余裕なんかないわよ」と、あっさり却下されていたからだ。

だが、この仔猫はどうしてもあきらめられなかった。良太は悩んだ末、母親にバレないように飼うことを思いついた。家の庭には普段ほとんど使用していない物置がある。そこでこっそり飼えば、気づかれないと思ったのだ。

良太は仔猫を抱いたまま家へ帰ると物置に直行し、空の段ボール箱を組み立てると、そこに仔猫を置いた。

「今日からここがお前の家だぞ」

良太は笑顔で仔猫に言った。

ミルクを飲ませた後、二階の自分の部屋に上がった直後だった。庭から母親の怒鳴り声が聞こえた。

「良太！　なんなのこれは!!」

良太は母親がなぜ怒っているのか瞬時に理解した。部屋の窓から庭を見下ろすと、母親が仔猫の首根っこを掴んで立っていた。

良太は部屋を飛び出して階段を駆け下りると、裸足のまま庭に飛び出した。良太が何を言っても、母親は聞く耳を持たなかった。

「すぐに元の場所に戻してきなさい！」

それでも良太は食い下がり、仔猫が大きくなるまでの間だけでもいいからと、涙ながらに訴えた。今まで母親にこれほど頼み込んだことはなかった。この仔猫はもう一人の自分なのだ。だから見捨てるわけにはいかない。良太は必死に訴え続けた。

しかし、母親は決定的なひとことを言い放った。

「お母さんは、あなたを育てるだけで精いっぱいなの！　これ以上迷惑かけないで!!」

女手一つで店を切り盛りしている母の心の内を、初めて聞いた瞬間だった。母は自分の放った強い言葉に気づき、我に返って「ごめんね」とつぶやいた。

けれども、結局母親は飼うことを認めてくれなかった。

良太はもう反論しなかった。何もかも嫌になって、仔猫を飼いたいと思ったことすら忘れてしまいたかった。

夕方、良太は仔猫を抱きかかえながら、路地に置いてあった靴の箱に戻しにいった。

仔猫は良太を見上げて鳴いている。

「ごめんね。お母さんがダメだって言うから」

良太はそれを免罪符にするかのように、振り返ることなくその場から立ち去った。

翌日から、良太はその路地を通るのをやめた。仔猫がどうなったか、知るのが怖かったからだ。同時に、母親を憎むようになった。自分の責任や罪悪感から逃れたかった。

中学に進んでからは、店を手伝うように母親から言われ、学校から帰ると宿題も後回しにして働かされた。

それでも成績は悪くなかった。高校は地元の公立校に進んだ。教室では友達らしい友達もできず、休み時間は一人で黙々と勉強をした。そのおかげもあって、成績は良く、大学に進学したいと思った。叶《かな》うなら家を離れて一人暮らしをしたかった。

無論、大学の学費を払うだけの余裕は家にない。だから良太は高二の春から新聞配達のアルバイトを始め、受験料や引っ越し資金の準備を始めた。

三年生のとき、母親が過労で倒れた。幸い大事には至らなかったが、良太は地元の大学に進学するか、他県の大学に進学するか悩んだ。

良太が選んだのは東京の大学だった。倒れた後も必死に働き続ける母親の姿を直視できずに逃げ出したのだ。

高校卒業後は店を継いでもらえると思っていた母親はショックを隠しきれなかった。しかし、仕送りはいらないという息子を止めることはできなかった。

都会での一人暮らしは食事や洗濯など、大変なことだらけだったが、良太は今までにない充実感に満たされていた。だが、時間が経つにつれて、徐々に負担感のほうが勝るようになっていった。学業と生活、バイトに追われ、なんのための大学生活かわからなくなっていった。

結局、三年の春を迎える前に大学を中退した。

良太は大学を辞めるとすぐに、中華料理店でアルバイトを始めた。飲食店で働いた経験がなかったため、接客マナーから注文のとり方、レジの打ち方など、細かく指導された。そのストレスから一カ月で辞めてしまった。

次に就いたのは、ビルメンテナンス会社の経理部での仕事だった。事務作業は初めてだったが、計算やパソコンの使い方はすぐに覚えることができた。しかし、周りと協調しながら作業を進めるのが苦手で、たびたび人間関係のトラブルを生んでしまい退職した。

気がつくと職を転々とし、二十代半ばを迎えていた。自分が何一つスキルらしきものを身につけられていないことに、良太はがく然としていた。

大学時代の知り合いはみんな、社会人として着実に前へ進んでいた。ときどき連絡をもらったが、中退した自分との境遇の違いに耐えられず、疎遠になっていった。

ある日、昔のアルバイト先の上司と街で出くわした。「今どうしてるの？」と心配そうに声をかけてくれた元上司に、「順調です！　今いる職場が楽しくて」と負け惜しみを言った。それは九個目の仕事を辞めた日のことだった。

八方ふさがりの暮らしだったが、地元に帰る気にはなれなかった。母親との接し方がわからなかったからだ。

すべてが面倒で、何も考えたくなかった。将来に大きな不安を抱いて苛立ちを感じながらも、現状を打破する勇気も行動力も、良太にはなかった。


そんなある晴れた日。コンビニまで求人誌を買いに出かけた良太は、帰りがけに何気なく河川敷をブラブラしていた。

すると、その一角に、人が集まっているのが見えた。近寄ってみると、フェンスで囲まれたスペースがあり、そこに十頭ほどの犬や猫がいた。どうやら譲渡会のようだった。譲渡会に参加したことはなかったが、そういうイベントがあることはテレビや雑誌で知っていた。

近づくと、犬や猫が寄ってきた。良太はあの仔猫のことを思い出した。その場にしゃがみ込むと優しく撫でた。

しばらくして、良太のもとに一人の男性がやって来た。胸元に『ラポール』という文字と、太陽のマークの刺繍が施された水色の作業着を着ていた。それが河野だった。

河野は良太が撫でていた犬や猫の説明を始め、「よかったら、どれか飼ってみませんか？」と笑顔を向けた。

「僕が？」

良太は一瞬犬や猫の方を見たが、すぐに首を横に振った。

「ウチのアパートはペット禁止だし、何より今、仕事もしてないし……」

河野は良太が求人誌を手にしていることに気づいた。

「そうか。残念だねぇ」

「すみません」

良太は頭を下げ、その場を立ち去ろうとした。すると、河野が「だけど」と声をかけた。

「君は犬や猫が好きだろう？」

その言葉に戸惑いながらも、良太は河野に顔を向けた。

「好きというか……」

「嫌いなのかい？」

「いえ、嫌いなわけじゃないですけど……」

どう答えればいいのか困っていると、河野が笑みを浮かべた。

「とりあえず、ウチで働いてみないか？」

「働く、ですか？　だけど、僕は今まで動物を飼ったこともないし……」

「大丈夫。君ならできるよ。さっき君はすごく優しい顔で彼らと接していたからね」

良太はそれを聞いて驚いた。

「キツいと思ったら辞めてもいい。何事も無理はよくないからね。でも、やってみて初めてわかることもあるんじゃないかな」

河野の言葉が、良太の心の中に響きわたった。

〝やってみて初めてわかることもある〟

それは亡くなった父親の口癖だった。プロにはなれなかったが、小説家を目指して何度もチャンレジしてきたからこそ、見えたものもあったのだろう。体験することの大切さをいつも良太に説いていた。

その記憶がよみがえると同時に、良太は「具体的にどんなことをする仕事なんですか?」とたずねていた。


自分の過去を振り返りながら、良太は鉄のことを思った。

自分は河野と出会ったことによって救われた。だけど彼は……。

鉄は普段それほど河野と話をしているわけではない。ましてや、動物が特別好きというわけでもない。そんな状態で、保健所の犬や猫たちの現実を知ってしまったのだ。もしも自分がなんの予備知識もなく殺処分のことを知ったら、きっとこの仕事を続けることはできなかっただろう。

良太は自分と似ている鉄も、同じ結論に達する気がしてならなかった。

鉄のいる部屋側の壁に目をやると、良太は小さなため息を一つついた。

7

ラポールで鉄が仕事を始めて三週間が過ぎた。それは鉄にとって、アルバイトを辞める平均的な時期だった。前のコンビニも、その前の居酒屋の調理場も、さらにその前の引っ越し屋もそうだった。それには鉄なりの理由があった。

たいていのアルバイトは、初めの二週間で基本的な仕事を習い終える。三週間目からは一人前扱いされ、仕事量も責任も一気に増大する。その途端、ミスをすれば怒られるようになるし、なぜ教えたことができないのだと嫌味も言われる。

鉄はそんな状況に耐えられなかった。「あ〜、めんどくせー」というのは、そうした責任から逃げ出したい気持ちの表れだった。

鉄からすれば、興味や目的があって働き出したわけではない。ましてや一生の仕事にするつもりもない。お金の問題を除けば、無理に仕事を続ける理由はなかった。上司や先輩の嫌な面もわかってきて、その頃、決まってひと悶着起こすことになるのだ。

だが今回は違う。仕事はたしかに面倒くさい。責任も増えてきた。それなのに辞めたいという気持ちはまったく湧《わ》いてこなかった。

夕食を食べ終わった鉄はベッドの上に寝転がりながら、その理由を考えていた。

とりわけ動物が好きなわけでもなければ、給料がいいわけでもない。河野や琴美とはそれなりにやっているが、良太や明日香とは決していい関係を築けているとは言えない。それなのにどうして辞めたいと思わないのか、自分でも今の気持ちをうまく理解できなかった。

目を閉じると、ふと小鉄の姿がまぶたに浮かんだ。

小鉄がいるのはラポールのケージの中でも、拾った公園の段ボールの中でもない。壁や床が鉄の板でできた小さな部屋。

小鉄はそこで鳴き声を上げることもできず、ただ震えている。そこは保健所の犬たちが最後に入れられる部屋だ。壁が小鉄に迫ってくる。

「小鉄！」

一瞬、夢を見ていたのだろう。起き上がった鉄は、大声を出した自分に驚いた。

小鉄はラポールが引き取らなければ、あのまま保健所で殺処分になっていたのかもしれない。その原因を作ったのは紛《まぎ》れもなく自分だった。鉄は背筋に冷たいものが流れるのを感じた。

テーブルの上には、一枚のチラシが置かれている。今日の夕方、河野から渡されたものだ。チラシには『譲渡会のお知らせ』と書かれている。河野は今週末に予定されているその会のスタッフに鉄を選んだのだ。

鉄はチラシを手に取ると、そこに載っている譲渡会場の犬と猫の写真を見つめた。その表情はいつも施設で見ているものとは、どこか違って見えた。

琴美が主に担当しているのは猫だ。猫は犬よりも野生本能が強く、束縛されるのが苦手である。環境の変化に敏感で、不慣れな場所や人と出会うと神経質になり、シッポを立てて威嚇《いかく》する。それなのに突然人に寄ってきたかと思うと、またいつの間にか離れていく。

そんな猫の自由奔放さが琴美は好きだった。

琴美は大学に進学しなかったが、何か家庭の事情を抱えていたわけではない。大学に行く必要性を感じなかっただけだ。学校では必ず生き物係を担当するほど動物好きの琴美は、ある日、テレビでトリマーにブラッシングされているときの猫の幸せそうな姿に魅了され、その道を目指すことを決めた。

ちょうどトリマーをしている高校の先輩が、「アニマルシェルターで働いておくと、トリマーになる心得が身につくわよ」と言って、ラポールを紹介してくれた。三カ月前のことだ。不器用だから失敗は毎度のことだが、河野や明日香のサポートもあって、なんとかやってくることができた。

この仕事に自分が向いていないと思った琴美は一カ月ほど前、ラポールを辞めてトリマーのアシスタントをやろうと思っていることを良太に話した。

「まだ君はここの仕事の半分も覚えていない。辞めるのはまだ早い。少なくとも、あと半年はいないと中途半端に終わってしまう」

良太にはそう言われたが、琴美は頑張って続けるべきか、それとも自分の思いを大切にするべきか悩んでいた。

今朝もそんな考え事をしながら仕事をしていたせいで、琴美は棚に積んでいたペットフードを床にばら撒《ま》いてしまった。うつむいて涙ぐんでいると、ほうきの先が大きく弧を描くのが視界に入った。顔を上げると、鉄だった。

「毎日見てるけど、必ずドジするよな」

そう言って、鉄はさっと掃除を済ませた。

「ありがとう」

「こいつらにとって、お前の作業が命を紡《つむ》いでるんだろ。これからも頑張ろうぜ」

奥から良太が鉄を呼ぶ声が聞こえると、「じゃあな」と言って、鉄は行ってしまった。

琴美は鉄の後ろ姿をぼう然と眺めていた。


昼休憩は各職員が時間差でとることになっている。鉄は施設の裏手にある小さなプレハブ小屋で弁当を食べるのがお決まりだった。

小屋の前には、この施設で亡くなった犬猫たちの慰霊碑が立っている。そのため、ここで食事をとる職員は他にいない。でも、なぜか鉄にとっては心の落ち着く場所だった。

そんな鉄の姿を見つけた琴美が、ペットボトルのお茶を持ってやって来た。

「一緒にいい？　早めに作業が終わったんだ」

「ん、別にいいけど」

ラポールで働き始めて、誰かと話しながら昼食をとるのは初めてだった。

「さっきはありがとう」

「え？」

「床にばらまいたペットフード」

「あぁ、あれか」

鉄は弁当のから揚げを頬張《ほおば》りながらそう言った。

「仕事には慣れた？」

「うーん、まあなんとかやってる感じだな」

「ときどき犬部屋のぞいてるんだけど、手つきが慣れてきたよね」

「そうか？」

「神楽さん、一人っ子？」

「え？　なんで」

「なんかそんな気がしたから」

「一人っ子なんだけど、そうじゃなくて……」

義理の妹がいることを説明しようとしたが、他人に家族の内情を話すのはなんとなく恥ずかしく感じられて、鉄は言いよどんだ。

モゾモゾとしている鉄を見て、琴美は「神楽さんって、ホント面白いね」と笑った。

「はあ？」

鉄は素っ頓狂な声を上げた。

「私は一人っ子。だから兄弟が欲しかったな。特にお兄ちゃん」

「そうなんだ」

「高校までは、なんとなく学校に通ってて、友達もそこそこいたけど、なんで勉強しているのかなっていつも考えてたの」

「へー。俺も高校時代は勉強なんて適当だったぜ。ぎりぎり卒業できた、っていうか先生に追い出されたというか……」

「でも、神楽さんはしっかりしてると思う」

「しっかりしてる？　クレームは来るは、良太には怒られるはだぜ？」

「それは私も一緒。沢田さんにはいつも怒られてばっかり」

「じゃあ、俺たちが悪いんじゃなくて、あいつが怒りっぽいってことか」

「そうかもね」

鉄と琴美は顔を見合わせて笑った。

「私、ここに来て、いろいろな人と出会って、とても刺激をもらったの。その中でも神楽さんは別格」

「は？　なんだそれ？」

「それだけ言いたかったの」

琴美はそう言うと立ち上がり、小屋のドアに向かった。

「なんだったんだ？」

琴美の言いたいことがまったく理解できず、鉄は首をひねった。

「私、今度お弁当作ってくるね！」

小屋を出ていく琴美は振り返ってそう言った。

「変なヤツ……」

鉄はそうつぶやくと、照れくさそうに残りの弁当をかき込んだ。


翌日、鉄は職場へ向かうバスの中で良太にたずねた。

「譲渡会って具体的にどんなことをするんだ？」

「広場や施設などを使って、ラポールで預かっている犬と猫の飼い主を探すんだよ」

「結構人が集まるのか？」

「場所にもよるけど、大勢来る」

「じゃあ、すぐに新しい飼い主が見つかるな」

鉄が嬉しそうに言うと、良太は首を小さく横に振った。

「そう簡単なことじゃないよ」

「どういうことだよ？」

「譲渡会はペットショップとはまったく違う。飼いたいと言っている人が本当に愛情を持って育てる意志があるかとか、そもそも飼うことができる環境で暮らしているかとか、いろいろチェックしてからじゃないと譲渡できないんだ」

「そんなに厳しいのかよ」

「当たり前だよ。犬や猫は生き物なんだ。生き物を飼うのは、そんなに簡単なことじゃない」

「そりゃ、そうだけど……」

鉄は反論できなかった。だが、そんなことで本当に飼い主を見つけられるのか、にわかには信じられなかった。

鉄がそう思っていると、良太は「だけど」と続けた。

「僕は少しでも多くの犬猫を新しい飼い主に巡り合わせたいと思っている。そのためにたくさんの人に見てもらうことが大切なんだ。一人より十人。十人より百人。そうすれば、新しい飼い主と巡り合える確率が高くなる」

そう話す良太の瞳には強い意志が感じられた。

「……そうだな。そうだよな」

鉄も良太の言葉に納得し、大きくうなずいた。

そんな鉄を良太は意外そうに見ていた。

「なんだよ、その目」

「い、いや……」

良太は明らかに戸惑っているようだった。そして、「やっぱり僕は人を見る目がないのかも」とつぶやいた。

「見る目がない？」

鉄は意味がわからず首をかしげる。

「こっちの話だよ。こっちの……」

良太は「それよりも」と言うと、譲渡会のことを詳しく説明し始めた。


その週の土曜日。県を縦断する大きな川の河川敷で譲渡会が開かれた。軽ワゴン車が停められ、その近くにテントが四つ張られている。犬と猫合わせて二十頭ほどのお披露目となる。

河野に向き合って、良太、明日香、琴美そして鉄が並び、簡単なミーティングが行われる。

「みんなわかっているとは思うけど、譲渡会の目的は愛情を持って育ててくれる飼い主を探すことだからね」

河野の言葉に、一同は「はい」と返事をし、それぞれ作業に移った。

譲渡会はただ待っているだけでは、来場者との距離はなかなか縮まらない。だから、鉄たちスタッフが積極的に声をかけ、一人でも多くの人に連れてきた犬猫のことを知ってもらう必要がある。

鉄は犬たちの入ったケージを眺めながら、ここに小鉄がいないことを残念に思った。小鉄がメンバーから外れているのは、新しい飼い主と仲良く暮らせるか、もう少し見守る必要があるからだった。

そんな鉄の気持ちに気づいたのか、そばにいた琴美が笑いながら話しかける。

「小鉄だったら、次回は参加できるはずだよ」

琴美は犬猫たちのケージの方を見て続けた。

「この子たちは小鉄よりラポールに長くいるから、自信を持って新しい飼い主に届けることができる」

「自信を持って……」

「鉄くんにも期待してるね」と、琴美が笑う。

「て、鉄くん？」

そう呼ばれて鉄は戸惑いを隠せなかった。

「そっ。いつも小鉄と一緒にいるから、神楽さんって呼ぶより、そう呼んだ方が親しみがわくでしょ」

「親しみって、あのなぁ、俺は人間で……」

「人間だからこそよ。親しみがわかなきゃ仲良くなれないじゃない」

楽しそうに笑顔を向ける琴美に、鉄は何も言えなくなった。でも、その言葉には妙に納得できた。

やがて、ちらほらと人々がテントの前に立ち止まるようになった。河野をはじめ、良太や明日香が立ち止まった人たちに話しかけていく。訪れた人たちは興味深そうに話を聞いている。

「ほら、鉄くんも自分から話しかけてみて」

「あ、あぁ」

目の前には三十代と思《おぼ》しき男女の二人連れがいた。鉄は琴美に背中を押され、その男女に話しかけた。

「そこのご夫婦、ワンちゃん興味ありますよね？」

突然、女性が顔を赤らめる。男性が鉄に向かって言った。

「僕たちはただの友達です」

夫婦に間違えられたせいなのか、男性に〝ただの〟と言われたせいなのか、女性は踵《きびす》を返してその場を立ち去った。男性が慌てて後を追いかけていった。

「神楽くん、勝手に夫婦とか恋人同士って思い込んじゃダメだ」

会場全体を見回っていた河野が鉄に教える。

「だって、そう見えたんだから……」

「あまり人のプライベートに突っ込んだ話をしないのがテクニックよ」

琴美が河野の言葉を優しく説明する。

「そっか」

鉄は気をとり直して、今度は五十代くらいの女性に声をかけた。

「あの〜、犬と猫、どっちが好きっスか？」

女性は鉄の話し方に面喰《めんく》らいながらも、「犬の方が好きよ」と答えた。

「そうなんスか！　俺もどっちかというと犬が好きッスよ」

「あらまあ、そうなの」

「一頭どうスか？　おばちゃん優しそうだから、二頭、いや三頭でもいいスよ」

女性が顔を引きつらせる。

「ちょっと他のワンちゃんも見てくるわね」

笑顔を作りながらも、鉄の前からさっと姿を消した。琴美が鉄のもとへ駆け寄る。

「野菜じゃないんだからそんな勧め方ないでしょ」

「いや、一頭でも多く飼ってもらいたくて」

「気持ちはわかるけど」

今度は白髪をまとった背の低い老婆《ろうば》がやって来た。琴美は周囲に聞こえないように、鉄に耳打ちする。

「お年寄りの場合は、ご家族がいるか聞かないとダメだよ」

「なんで？」

「五年、十年経ったときにその人が面倒を見られないことも考えられるから」

「そんなことまで気にするのかよ⁉」

「当たり前でしょ。犬たちにとっては生涯の住処《すみか》になるんだから」

「そっか……」

犬や猫にとって飼い主が何度も変わることは決していいことではない。譲渡会はただ飼い主を見つけるだけではなく、最期まで犬や猫が安心して暮らせる場所を探してあげることでもあるのだ。

「あら、このワンチャン、かわいいわねぇ」

老婆は鉄のもとにいる犬に近づいてきた。

「このワンチャン、いいわね。飼いたいわ」

「ねぇ、おばあちゃん。おばあちゃんは一人暮らしスか？」

「えぇ、そうよ」

「ごめん。じゃあ無理だ」

「あら、どうしてかしら？」

「だって、五年経ったらおばあちゃん、死んでるかもしれないスから」

「まあ！」

大きな口を開けて固まる老婆を見て、慌てて琴美が口を挟んだ。

「そういうふうに伝えてとは言ってないでしょ！」

「え、だってそうだろ？」

「あぁ、もう！　おばあさん、すみません!!　ほらっ、鉄くんも謝って」

「えっ、あ、あぁ、すみません……」

鉄は釈然としなかったが、頭を下げざるを得なかった。離れた場所にいた河野も二人が頭を下げている姿に気がつき、小走りで駆けつけた。

昼休憩となり、鉄たちはスタッフ用のテントの下で弁当を食べる。

「はー。思ってたより難しいもんだな」

「慣れればちゃんと対応できるようになるよ」

そう言って、隣で弁当を食べていた琴美が犬猫たちのいるケージの方を見る。

「海外ではこういう譲渡会で犬や猫を探す方が、ペットショップに行くより一般的なんだって」

「そうなんだ」

「ドイツなんかは犬の殺処分ゼロらしいよ。どうしても面倒を見られない場合は安楽死させることもあるみたいだけど、『ティアハイム』っていう保護施設があって、そこで飼い主を探すようになってるみたい。全国に五百カ所もあるんだって」

「五百カ所も!?」

それだけあれば、飼い主になりたい人が犬や猫と出会える機会も多くなるはずだと、鉄は思った。

「イギリスでは、一八〇〇年代前半に動物虐待防止協会っていう団体がもうできていたんだって」

「それって、日本でいうと江戸時代か?」

「日本だって昔は、犬は番犬、猫はねずみ捕りって言われて、社会の一員として大切にされてきたみたいなの。今は時代が変わって、〝家族の一員〟って私は思ってるけどね」

譲渡会を開けば、それだけ犬や猫たちと人との出会いの機会が増える。

しかし、午前中の自分の振る舞いを振り返り、鉄は表情を曇らせた。

「俺はまだ一頭も譲渡できてねーんだよな……」

河野も、良太も、琴美も、明日香も、みんな、犬や猫を新しい飼い主候補に引き合わせていた。鉄も必死に何人も声をかけたが、一人も見つけられずにいた。

「その髪がダメなのかもね」

思いついたように、明日香が鉄に言う。

「どういうことだよ？」

「茶髪よ茶髪。ただでさえ見た目が怖そうなんだから、余計に怖がると思うよ」

良太が「たしかにそうかもな」と微笑む。

「そんなことないですよ。鉄くん、優しいじゃないですか。茶髪も似合ってるし」

琴美はフォローするが、鉄は自分の髪が気になった。

「茶髪が原因か……」

「それだけじゃないと思うけど、まあ一つにはね」

良太の言葉に、鉄は珍しくうなずいた。

「さあ、連れてきた犬や猫たちのために、午後も頑張ろう」

弁当を食べ終わった河野がそう言うと、一同は「はい」と答えた。


午後も鉄は訪れる人に懸命に声をかけた。

しかし、コミュニケーションをとるのが苦手な鉄が、初対面の人を犬や猫に引き合わせるのは、簡単なことではなかった。河野はうまくいかない鉄を見ても、「その調子、その調子」と温かく見守った。

「あ、森本《もりもと》さん」

河野が犬連れの五十代と思われる男性に声をかけた。男性の連れている犬は後ろ足がなく、代わりにタイヤを身体に付けて移動していた。

「譲渡会をやっているって聞いたので、もしかしたら河野さんもいらっしゃるんじゃないかと思って」

「ミッシェルくん、すっかり森本さんのお子さんですね」

河野の後ろで二人のやりとりを見ている鉄に、森本はにこやかに挨拶をした。

「こんにちは」

「こんちわっス」

「河野さん、こちらの方は新人さんですか」

「ええ。まだ一カ月くらいですが即戦力です」

「それは頼もしいですね」

「なあ、おっさ……」

　鉄は思わず〝おっさん〟と口にしそうになったが、辛うじて口を手でふさぐと咳払いした。そして、「おたく様のお犬様はなんでそんなお姿なんでしょうか？」とおかしな日本語でたずねた。

　森本は一瞬、目を丸くした後、大笑いした。

「逸材がやって来たみたいですね。河野さん」

「ええ」と、河野は温かい笑い声とともに答えた。

「この犬は後ろ足を両方切られていてね」

「えっ⁉　その犬を引き取ったんですか？　どうして？」

「聞きたいですか？　じつはね……」

　もう二十年以上前の話になるが、森本には長年飼っていた犬がいたそうだ。ところが、仕事の関係で引っ越しすることになり、荷物を運び出した後、犬を車に乗せようとしたところで車道に飛び出し、車にはねられて亡くなったのだという。

それがきっかけとなって森本は、身体が不自由で一般には見放されてしまうような犬の引き取りを決意したそうだ。

鉄は障害を持つ犬を、自ら進んで飼ってくれる人がいることに驚きを隠せなかった。一度でも小鉄を捨てようとした自分が恥ずかしかった。

「ではこれで失礼しますね。河野さん、それから神楽さん……でしたっけ？　頑張ってくださいね」

「ありがとうございます。ほら、神楽くんもご挨拶を」

「えっ、あ」

森本は「気にしなくていいよ。頑張って。失敗しても大丈夫だから」と、鉄の肩を優しく叩くと、去っていった。

森本の後を追いかけていくミッシェルの姿を見て、鉄は気がつけば深々と頭を下げていた。

夕方、日の沈む頃、譲渡会は無事終了した。

今回は連れてきた犬と猫のほとんどが、飼い主候補を見つけることができた。後日、改めて候補者から詳しく話を聞き、飼育できる環境と意思があるかを確認する。そのうえで、問題なければ、トライアル期間として一週間ほど実際に一緒に暮らしてもらう。そこで候補者の意思が変わらなければ、正式に譲渡を決定することになる。

良太たちの表情は明るかったが、鉄だけは一人浮かない顔をしていた。結局、鉄は飼い主候補を見つけるどころか、まともに話を聞いてもらうことすらできなかった。鉄のデリカシーのない話し方に苛立ち、中には怒り出す人もいた。そのたびに、良太たちが頭を下げ、鉄はどんどん自信を失っていった。

パイプテントを片づけながら、鉄は何度も深いため息をついた。そんな鉄を、一緒に片づけをしている琴美が慰《なぐさ》める。

「気にすることないよ。私も最初は全然しゃべれなかったし」

琴美は鉄に励ましの言葉をかけた。

「私、人見知りだから、自分から話しかけられた鉄くんはすごいと思うよ」

しかし、鉄は相変わらず暗い表情をしている。

「俺、昔から、思っていることをなんでも口に出しちゃうからさ。そのせいでいつも相手を怒らせるんだよ」

鉄はつくづく自分が情けなくなり、またため息をつきそうになった。だが、琴美は小さく笑みを浮かべた。

「そういうのって、逆にいいと思うよ」

「えっ？」

「だって言いたいことをはっきり言えるってことは、うちにいる犬や猫にとっては、すごく頼もしいんじゃないかな」

「頼もしい？　俺が？」

「だって犬や猫はしゃべれないでしょ？　鉄くんはいつか、犬たちに感謝される存在になるかもしれないね」

「……感謝？」

琴美が何を言いたいのか、鉄はまったく理解できず、眉間にシワを寄せる。

琴美は鉄を見て微笑むと、残っている荷物を抱えて、その場から立ち去った。

「何言ってるんだ、あいつ……」

鉄は「……ったく」とボヤくと、折りたたんだパイプテントを車の荷台に積んだ。

そんな鉄の様子を、良太は片づけをしながらそっと見ていた。


夜、家へ帰ってきた鉄はベッドにダイブするように倒れ込んだ。一日中立っていたせいで疲れているわけではない。精神的に大きなダメージを受けていたせいだった。陰鬱《いんうつ》な気持ちをビールで振り払おうと、鉄は這うようにキッチンまで移動した。しかし、冷蔵庫にビールはなかった。それどころか飲み物がまったくない。

「ちっ、なんだよ」

疲れ果てていて、夕食を買って帰ることも鉄は忘れていた。キッチン棚を空けたが、カップラーメンも、レトルトのご飯もなかった。

動く気力もなく、テーブルに突っ伏していると、ドアがノックされ、「なあ、いるかい？」という声が聞こえた。

「僕だけど、開けていいかな？」

鉄が答える前にドアが少し開いて、良太が顔をのぞかせた。

「もう夕食食べたかな？」

「なんだよ？」

「まだだけど」

「だったら、おでん、食べに行かないか？」

「おでん……あの屋台か」

「美味かっただろ」

鉄の腹の音が鳴った。良太が思わず噴き出す。

「君はおでんに敏感なんだね」

「じつはこの前、一人で行ったし」

「そうなんだ。だったら違うところの方が……」

「いや、あそこがいい。あそこのおでんなら毎日食っても飽きないからな」

鉄はあの屋台の味を思い出して喉を鳴らした。それとともに、あの女主人の笑顔が頭に浮かんできた。

「奢り……だったりするのか？」

「えーまたかい？　しょうがないな。譲渡会デビューのお祝いだ」

「酒は？」

「わかった、わかった」

良太は思わず苦笑いをした。

「よし！　じゃあ、行こうぜ!!」

少しだけ元気を取り戻した鉄は、良太に負けない笑みを浮かべた。


「今日は二人で来てくれたのね！」

屋台の女店主はいつものように笑顔で鉄たちを迎えた。

「この前までまだ秋だと思ってたのに、もうすっかり冬ねぇ」

十二月に入り、夜はすっかり冷え込むようになっていた。屋台のおでんが心と身体を温める。

鉄はお気に入りの牛スジと玉子を食べ、ビールを一杯飲み干すと、ようやく少しだけ陰鬱な気持ちから解放されたような気がした。

「今日は散々だった」

鉄が独り言のように言った。嘘偽りのない気持ちだった。

「犬や猫たちに新しい飼い主が見つかって寂しくなったのかい？」

「んなわけねーだろ。わかってるくせによ」

鉄がボヤくと、「もちろんわかってるよ」と良太はにこやかに笑った。

「だけど、僕には君が散々だったようには見えなかったよ」

「嫌味かよ」

「そうじゃなくて。僕以外にも外山さんや内藤さん、そして河野さんだって同じように感じてるんだ」

「えっ？　それってみんなが俺のことを……」

良太はビールの瓶を手に取り、空になった鉄のグラスに注いだ。

「外山さんが言ってただろう。犬や猫が君のことを頼もしいって思うかもしれないって。いつか感謝される存在になるかもしれないって」

「聞いてたのか」

「僕も同じだよ。正直、僕は君をうらやましいとすら思ってる」

「うらやましい？　俺を？　なんでだよ」

良太は空になったビール瓶を女店主に渡して、新しいビールを注文した。

「じつは……」

良太の表情が曇った。

「僕は今まで動物を飼った経験がない。施設で働く人のほとんどは今まで動物を飼ったことがあったり、今現在も飼っている。だから、この楽でもない仕事を頑張ることができるんだと思うんだ」

琴美も明日香も河野も家で犬や猫を飼っている。みんな自分のところの愛犬や愛猫と同じように、施設の犬や猫たちにも幸せになってほしいと心から願っているのだ。鉄にもその気持ちは伝わっていた。

「俺は、お前もてっきり動物を飼ったことがあると思ってたよ」

鉄はそう言いながら、たしかに良太は琴美たちとは違い、施設に保護されている動物たちを可愛がっている感じはしないと思った。ただ、誰よりも大切に思っていることは、鉄だけでなく、職員全員が感じていることだろう。

良太は手酌《てじゃく》でビールをグラスに注いだ。

「僕は小学生の頃、クラスのみんなから無視されてたんだ。激しくイジメられていたわけじゃないけど、友達も話し相手もいなくて、毎日すごく孤独だった」

良太はビールをグラス半分ほど飲み干すと、先を続けた。

「あるとき、家の近所の路地で仔猫を拾ったんだ」

そう言って、良太は拾ってからのことを淡々《たんたん》と鉄に打ち明けた。

「それは……」

鉄はあの仔犬を思い出した。

「もしかすると、あの仔猫は今でもあの路地で、新しい飼い主に見つけてもらうのをずっと待っているかもしれない」

鉄がそんなことがあるはずないと口にする前に、良太が「無論、あり得ないけどね。そんなこと」とつぶやいた。

グラスを持つ良太の手が震えていた。それは自分に対する怒りと苛立ちのなのだと、鉄は思った。

「僕はそのことがあって、ずっと母親を憎んでいた。だけど、それはただ嫌なことやつらいことから逃げていただけだったんだ。だから……」

俺と似てるっていうわけか、と鉄は思った。

「もしかすると、あの仔猫はただのきっかけだったのかもしれない……」

良太はそう言うと、再び鉄を見た。

「僕は母親を憎んでいたというより、あのとき仔猫を飼いたいと必死に言わなかった自分を憎んでいたんだと思う。つまり、自分が嫌いだったんだ。それを変えたくて、こっちで一人暮らしを始めたけど、そう簡単に変われるものじゃなかった……」

良太はそこまで言ってうなだれた。良太がこれまでいくつも職を変えてきた話を、鉄は思い出した。

一見、良太は完璧な人間のように見えるが、弱い部分もあるのだ。良太もまた悩み、苦しみ、そして自分に苛立っているのかもしれない。

不器用な人間だから自分と似ている——。

自分と似ていると言った良太の真意を、鉄ははっきりと理解した。

「だけど……」

良太はつぶやくように言うと、顔を上げた。

「僕は変わりたいと思ってる」

良太はしっかりとした口調でそう言うと、鉄の目をじっと見つめた。

「僕にとってラポールで働く意味は、ただ犬や猫を救うためだけじゃない。僕自身を救うためでもあるんだ。それはただの現実逃避かもしれない。それでも、僕はこの仕事で何かを見つけたいんだ」

鉄は良太が向ける視線から目をそらすことができなかった。

「何かを見つけたい、か……」

鉄は自分に問いかけるようにぽつりと言った。

そして小さくうなずくと、半分になった良太のグラスにビールを注いだ。

「別に逃げなんかじゃねーと思うぜ、そういうのって」

鉄は良太に笑みを向けた。

「だって、お前は今までにたくさんの犬や猫を幸せにしてきたんだろう？　それは現実逃避なんかじゃねーよ。ちゃんと現実と向き合ってる証拠だよ。俺から見れば、自慢しまくっていいぐらい前に進んでると思うけどな」

「神楽くん……」

良太の瞳が潤《うる》んでいる。鉄は照れてしまい、慌てて良太の肩を叩いた。

「お前はほんとすごいよ。今日だって一番多く新しい飼い主候補を見つけたもんな」

鉄はどうすれば、自分ももっとたくさんの人たちに犬や猫に接してもらえるようになれるか、良太に聞いた。

良太は声のかけ方や相手の話を聴く姿勢、犬や猫のどの部分をアピールするべきかなど、細かく鉄に教えた。

鉄は女店主から借りたボールペンを手に、紙ナプキンにそのことを書き記していった。親身になって教えてくれることに感謝しつつ、鉄はいつか自分も良太のようになりたいと思った。

ひと通り説明を聞き終えると、鉄はつぶやくように言った。

「ありがとな」

「なんだよ急に」

「いや、なんかさぁ、お前が救世主に見えて」

「救世主……」

良太は胸がドキリとした。

良太にとっての河野がそうであったように、鉄にとっては良太がそうなったのだ。

「僕はそんなんじゃない。だけど……」

自然と笑みがこぼれた。

「こっちこそ、ありがとう」

良太は素直な気持ちでそう言った。

「やっぱり、僕には人を見る目がないようだね」

「なんだそれ？　この前もバスでそう言ってたよな？」

「あぁ、僕は君を見て似ていると思ったんだ。だから、ラポールを紹介した」

「それって、哀れみだろ？」

鉄は以前からそのことが気になっていた。しかし、良太は首を横に振った。

「哀れみなんかじゃない。だけど優しさでもない。ただの自己嫌悪。僕は君のことを、自分を見ているようで嫌だったんだ」

良太の意外な言葉に、鉄はどう答えればいいのかわからなかった。

良太は一つ息を吐き出すと続けた。

「ラポールで働いていても、君はつらくてすぐ辞めると思ってたんだ。それでも小鉄を捨てたことを少しでも反省してくれれば、それでいいくらいに思っていた。こういう現実があるってことを知ってもらうだけでよかった。だけど、君は殺処分という現実を知っても、逃げ出さなかった」

「それは……」

「初めて会ったとき、君は小鉄に包帯を巻いてただろう。雑な巻き方で、あれじゃあまり効果はないと思ったけど、それでも小鉄の傷を癒そうとした。君は本当は純粋で優しい人間なんだよ。自分でも気づいてないと思うけど、弱い者の気持ちがわかる人間なんだよ。僕はそのことがわかってなかった。だから、僕は人を見る目がないと思ったんだ」

　良太は鉄をじっと見つめた。

「神楽くん、君はきっと動物たちの代弁者になれる」

「だいべんしゃ……」

「動物は人の言葉をしゃべれない。だから君のような人間が、代わりに彼らの気持ちを人々に伝える必要があるんだ」

「人々に伝える……？」

「君は思ったことを口にするだろう。それはときに周囲を困らせることがあるかもしれない。でも、気持ちを相手に伝えようとする力があるってことだ。君は僕とは違った立場で、動物たちのためになることができる人間なんだ。だから、うらやましく思っている。君は必ず動物たちに感謝される存在になれる」

〝感謝〟という言葉が鉄の心の奥深くに突き刺さった。

今まで誰かに感謝された記憶はない。ましてや言葉の通じない動物たちにそう思われるわけがないと思っていた。

しかし、良太が言うように、そうなりたいと思うようになった。今は具体的にどうすればいいのかわからないが、一頭でも多くの犬や猫を救いたいと心の底から思えた。

「これから何度も譲渡会がある。近く小鉄も参加することになると思うよ」

「だったら頑張らないとな」

「あぁ、僕も頑張らないと」

「譲渡会をか？」

「それもあるけど、もうすぐドッグトレーナーの試験があるんだ」

「ドッグトレーナー？」

首をかしげる鉄に、良太は説明した。

「犬や猫にはそれぞれ個性があるだろ。飼い主の生活環境や飼い方にも個人差がある。ドッグトレーナーはそういうことを考慮して、ペットと飼い主が一番いい形で過ごせるようにアドバイスする仕事なんだよ」

「なんかすげぇな」

「犬や猫を飼い主に引き合わせるだけで終わりじゃない。その先、彼らが幸せになるためのサポートをちゃんとできるようになりたいんだ」

良太の目が輝いている。熱い想いが鉄にも伝わってくる。

「お前は十分に資格があるよ」

「まだ試験は受けてないよ」

「そうじゃねーよ。動物たちに感謝される資格。やっぱ、俺とお前は似てるのかもな」

鉄はそう言って照れ笑いを浮かべた。

「鉄……」

良太も微笑む。良太は初めて〝鉄〟と呼んだ。

「なあ、良太」鉄もいつしか〝良太〟と呼んでいた。「俺もそういうの受けてみたいかも。あった方が何かといいんだろ?」

「そうだね。だったら、いいのがあるよ。『愛玩動物飼育管理士』の資格。この勉強をすれば、今よりもっと動物たちのことがわかるようになる」

「勉強か。苦手だけど、まあ、ちょっとやってみようかな」

「前に使ってた教材があるから貸してあげるよ」

「ありがとな」

「こちらこそ」

鉄と良太は互いの顔を見て笑い合った。そして、手元にあったビールのグラスを掲げてぶつけた。

「はーい、これ」

皿に載せられたおでんが目の前に置かれた。

「これは私の奢り！　二人とも頑張ってね」

女店主が笑顔で言った。

「おぉ！」

「ありがとう」

「おばさん、いい人だな」

「失礼ね。まだまだお姉さんよ！」

屋台に温かい三人の笑い声が響いた。

その後、二人は時間を忘れるほど、たくさんの話をした。いくら話しても話題が尽きることはなかった。


翌朝、すっきりした気分で鉄は洗面所の鏡の前に立ち、自分の顔を見つめる。

「よっしゃ」

両頬を叩いて気合いを入れる。そして、その勢いのまま、ドアを開けて外に出た。

すると、ちょうど良太もドアの鍵を閉めているところだった。

「今日は早いね」

いつもは駅へ向かって先に歩いている良太を、鉄が後ろから追いかけるように走って合流する。まったく同じ時間に家を出ることは、これまでほとんどなかった。

「それ……」

鍵を閉め終わった良太が鉄の顔を見るなり、声を漏らした。良太の視線が鉄の髪に釘づけになる。鉄の髪は黒色に変わっていた。

「昨日、あれからコンビニに行って髪染め買ってきてさ」

「どうして？」

「ちょっとやる気見せようと思って。ほら、内藤さんが言ってただろ、茶髪がダメなのかもって」

「……なんだか君らしいな」

「ど、どういう意味だよ」

良太は思わず笑みを浮かべる。笑みはいつしか満面の笑顔になった。

鉄もそんな良太につられて、照れながらも笑顔を浮かべた。

8

「なんか、神楽さん最近、変わったよね。真剣になったたっていうかさ」

「最初からそうだったよ。さらにいい感じだよね」

明日香と琴美がそんな会話を交わしている。琴美はともかく、明日香までもが鉄のことを認め始めていることに、良太は驚いていた。

たしかに、先日の譲渡会を境に、鉄は変わった。髪の色だけではない。仕事に対するモチベーションそのものが大きく変化していた。それに多少ぎこちなさはあるものの、他のスタッフに積極的に、仕事の仕方や動物について質問するようになった。教わったことは実践し、失敗を繰り返しながら少しずつ学んでいった。

鉄の向かいの席で琴美がラポールの応援者に向けた、今年最後の月刊誌を作成している。琴美は鉄が部屋から出ていくのを見届けると、バッグを持って急いで鉄を追いかけた。

鉄は近くのコンビニに行くとき、決まって裏口を通る。この辺りにはコンビニが一軒しかない。正門からだと十分かかるが、裏門からだと五分で到着する。

琴美は小走りで鉄を追いかけて、裏門を出る前に追いついた。

「鉄くん！」

ポケットに手を入れたまま、鉄は振り向いた。

「あぁ、お前か」

「あの……これ作ってきたの」

琴美はバッグから赤い布で包まれた弁当箱を取り出した。

「えっ!? 俺に？」

「この前、約束したから」

一瞬、鉄はなんのことかわからなかったが、すぐにプレハブ小屋での約束のことだと思い出した。

「あぁ、あのときの。ありがとな。お前も一緒に食べるか？」

「え……うん！」

鉄は琴美と一緒にプレハブ小屋に向かった。

中に入ると、鉄はパイプ椅子に座った。立ったままの琴美に向かって、「突っ立ってないで座れよ」と声をかける。

「あ、はい」

琴美は顔を赤らめて、鉄の隣に少し間を開けて座った。琴美は高校まで共学だったものの彼氏がいたことはない。こんなふうに男子と一緒に食事をするのは、小学生以来だった。

「ほんとにいいのか？」

弁当箱をマジマジと見つめながら、鉄は言った。

「おいしいかどうか、自信ないけど……」

鉄はふたを開けると、大声を上げた。

「おー！」

「え⁉　何？」

琴美は緊張で心臓が止まりそうだった。

「すげーゴージャス！」

「え？」

焼き鮭《じゃけ》と卵焼きとタコウインナー、それにおかかのご飯という、ごく普通の弁当にもかかわらず、鉄は歓声を上げた。

「ちょっと俺、感動したわ」

「え、なんで？」

「こんな弁当食べるの、高校ぶりだわ。いただきまーす！」

そう言うと同時に、鉄は凄まじい勢いで弁当を口にかき込んでいった。

その姿を見てようやく笑みを浮かべた琴美は自分も弁当箱を開け、小声で「いただきます」と言って、弁当に箸をつけた。

「お前、料理うまいんだな」

「ありがとう。ママに教えてもらったの」

「一人っ子だったよな」

「うん」

「父ちゃんは？」

「銀行員やってる」

「いいとこの子なんだな」

「鉄くんは？」

「俺か……おふくろは再婚して、新しい旦那がいる。その連れ子が妹で、俺だけが欠陥品なんだ」

「欠陥品だなんて、どうしてそう思うの？」

「俺だけまともな人生を歩んでないからさ」

琴美は一瞬、箸を止めた。鉄が自分のことをそんなふうに思っていることが、寂しくもあり、悲しくもあり、腹立たしくもあった。

「そんなことない。鉄くんはまともだよ！」

琴美の剣幕に、鉄は思わず目を見開いた。

「な、なんだよ。急に」

「ごめんなさい。私ったら……」

恥ずかしさのあまり、琴美はうつむいた。鉄はそんな琴美を見て笑った。

「お前、なんだか猫みたいだな」

「猫⁉」

突拍子もないことを言われ、琴美も思わず笑ってしまった。

「鉄くんっておかしいね」

「お前こそ、変なヤツだな」

「ねぇ鉄くん、今度の日曜日って空いてる？」

「ん？　なんで？」

「ちょっと行きたいところがあるんだけど、一緒に来てほしいの」

「どこなんだよ？　買い物とか？」

「内緒」

「いいぜ。休みの日なんて、一人でダラダラしてるだけだからよ」

「やった！　じゃあ、浦野《うらの》駅前の噴水に午後一時ね」

「了解」

琴美は嬉しそうにまた弁当を食べ始めた。

鉄は変わったコだなと思いながら、弁当を完食した。


その日の午後。犬の去勢手術が行われた。その中には、小鉄も含まれていた。

去勢手術を終えた小鉄には、エリザベスカラーという首回りの保護具が付けられた。

「お前、お姫様みたいだな。で、これってなんのためにしてるんだ？」

「これはエリザベスカラーと言って、患部を犬が舐められないようにする器具だよ」

鉄が質問をすると、良太がすぐに答える。そんな関係性が日常になっていた。

ケージの中で少し元気がなさそうにしている小鉄を、鉄が心配そうに見つめる。

良太は鉄にあえて質問を投げかけた。

「ねぇ、どうしてウチの犬たちが不妊去勢手術をするかわかるかい？」

「なんでなんだ？」

「望まれない命が産まれないようにするためだよ」

その言葉に鉄は思わず顔を上げ、良太の方を向いた。

「この国ではたくさんの犬や猫がお金を稼ぐ道具として産み出され、売買されている。モノのように扱われ、不要になったら捨てられる。……ペットは話すことができないんだ。たとえどんなに苦しいことやつらいことがあってもね」

良太がそう言うと、鉄は大きくうなずいた。

「わかるよ。そのために、今ある命を大切にするってことだよな」

鉄は小鉄の頭を優しく撫でた。

「次の譲渡会に小鉄を連れていくことが決まった」

「えっ？」

「小鉄の飼い主を見つけてあげるんだ」

去勢手術はそのための準備でもあったのだ。

「そうか、お前も飼い主が見つかるといいな」

鉄は嬉しそうに小鉄に微笑みかけたが、どこか寂しそうでもあった。

良太は鉄のそばに歩み寄ると、「見つかると〝いいな〟ではダメなんだ」と言った。

「小鉄の飼い主を見つけるんだ。君自身で」

その言葉は先ほど河野に呼ばれて、良太から鉄に伝えるように頼まれたものだった。

河野は良太に「鉄なら小鉄を幸せにしてくれる飼い主を、きっと見つけられるはずだ」と言っていた。良太も異論はなかった。だから、自信を持って、鉄の背中を押すことができた。

「俺が……小鉄の……」

鉄は小鉄を見ながら、独り言のようにつぶやいた。明らかに戸惑っているようだったが、その拳は強く握りしめられていた。


その日の夜。良太は仕事を終えて帰宅後、二日後に迫ったドッグトレーナーの試験に向けて勉強をしていた。

そのとき、机の上のスマホが震えた。画面を見ると、『母』と表示されている。良太は眉間にシワを寄せ、いつものように無視を決めようとした。

だが、ふと脳裏に鉄の顔が浮かんだ。おでん屋で語り合ったとき、鉄は良太のことを『自慢しまくっていいぐらい前に進んでると思う』と言ってくれた。

「前に……」

良太が一人つぶやく。

ドッグトレーナーの試験に受かるかどうかはわからない。しかし、学べば学ぶほど、今まで以上に犬や猫のことが好きになった。そして、ラポールで働いている自分に自信を持つことができた。

そろそろ母親に歩み寄るべきときだと、良太は思った。鉄が変わったように、自分も変わらなければならない。

あの仔猫のことは母親が悪いわけではない。母親を悪者にすることで、自分を正当化していただけなのだ。

良太は通話ボタンを押すと、喉の奥から声を絞り出した。

「もしもし……」

電話の向こうから、「良太……」とか弱い声がする。

「ごめん……。今まで電話に出なくて」

良太は電話の向こうにいる母親にそう言葉を返した。

「元気にやってるかい？」

「あぁ、ごめん。今まで放っておいて」

「そろそろ戻ってきてくれないか？」

「母さん、もう少ししたらひと区切りつく。だから、もう少しだけ待ってもらえないかな」

良太は電話を切った。思いは決まっていた。


日曜日。鉄はいつもの革ジャンを着て、浦野駅の西口にあるオニギリの形をしたモニュメントの前にいた。初めて来た街だったが、駅前は綺麗に整備されていて、鉄は好印象を持った。あと三週間もすれば、クリスマスを迎える。夜になれば、イルミネーションで色とりどりに輝くのだろう。

待ち合わせ時間は午後一時。鉄の目の前を何組もの恋人たちが通り過ぎていく。その姿に鉄は一瞬、咲のことを思い出したが、すぐに首を横に振った。自分はなんて未練たらしいのだろう。『そんな過去の勲章、さっさと脱ぎ捨てちゃえばいいのに』という咲の言葉が耳元で聞こえた。

「鉄くん、お待たせ！」

鉄は一瞬、咲と錯覚して、驚いて振り向いた。そこには髪をポニーテールにした琴美がいた。

「あぁ、おはよう」

鉄はつい琴美を凝視《ぎょうし》してしまった。ピンクのニットカーディガンにデニムのパンツ、白のポーチを斜めにかけ、黄色のベレー帽をかぶっていた。

「何？　もしかしてなんか付いてる？」

「いや、なんていうかその……」

ラポールで見る琴美とは別人のような雰囲気に、鉄は思わず見とれてしまった。

琴美は動揺している鉄に「さ、行きましょう」と手を引いた。

ゲームセンターとショッピングセンターを通り過ぎ、雑貨店やカフェにも目もくれず、ひたすら歩いていく。

「いったい、どこに行くんだよ？」

「着けばわかるって」

琴美は楽しそうにそう答えるだけで、何も教えてくれない。鉄は琴美に手を引かれるまま歩き続けた。

二十分ほど歩いたところで、広い緑地公園にたどり着いた。

「だいぶ歩かせちゃったね」

「買い物じゃなかったのか？」

鉄がたずねると、琴美は首を横に振り、公園近くの公民館のような建物に入った。向かったのは二階の会議室だった。

琴美がドアをノックして顔をのぞかせる。高齢の男性と女性合わせて六名が机を取り囲んで何やら話し合いをしているようだった。

「高木《たかぎ》さん、こんにちは」

琴美が会議の進行をしていた男性に話しかける。

「おぉ、外山さん。休日なのにわざわざ」

ドア付近で室内の様子をうかがっていた鉄を、琴美が手招きする。「彼は神楽鉄くん」と、照れ笑いしながら鉄のことを紹介した。

「あぁ、あなたが外山さんの同僚の。今日はよろしくお願いします」

「いったい、今日、何をするんだ？」

まったく状況のわからない鉄が琴美に小声でたずねる。

「ごめん、ごめん。この人たちは地域猫活動のメンバーなの」

「地域猫？　なんだそれ？」

初めて聞くその言葉に鉄は首をかしげた。

「外をほっつき歩いている野良猫とは違うのか？」

「ちょっと違うんだな」

琴美がそう言ったところで、高木が口を開いた。

「四時から猫の捕獲活動があるので、一緒に来てみませんか？」


時計の針が午後四時を指す頃、鉄と琴美は高木に連れられて公園にやって来た。

メンバーたちは猫の入ったケージをそれぞれ手にしている。どの猫もペットショップでは見ない、いわゆる雑種ばかりだ。

メンバーたちはケージを持って、奥の茂みに入っていく。そしてケージを開け、猫を放った。猫は勢いよく散り散りになっていく。

それを見た鉄は、思わず「おい！　動物を放置する人間には、高額な罰金が科せられるんだ。知らないのか！」と、大声を発した。

すると、琴美が笑い出した。

「何がおかしいんだよ」

「この人たちは、逆よ。社会にプラスになることをしているの」

「どういうことだよ？」

「ほら、この猫ちゃん、何か気づかない？」

鉄はまだ近くにいた猫を目を凝《こ》らして見た。

「えっと……あっ！」

猫の耳に三角形の切れ込みが入っている。

「耳、どうしたんだ？」

鉄と琴美のやりとりを見ていた高木が「これは耳先カットといって、不妊去勢手術が終わった証しです」と、説明してくれた。

「それならどうして、またやつらを放ったんだ？」

「我々はこれをＴＮＲ活動と言っています」

高木が鉄のもとにやって来て説明を始めた。

そもそも猫は犬と違って野生の本能が強く、犬のように飼い主がいないと生きていけないわけではない。法律でも犬と違い、捕獲の義務がない。そのため、放っておくと繁殖して数が増えてしまう。ひいては糞尿のにおいや鳴き声などの問題を引き起こすことになる。

ＴＮＲとは、野良猫を「捕獲」(Trap)して、「不妊手術」(Neuter)を施し、元の場所に「戻す」(Return)という意味の英語の頭文字を取ったものだという。野良猫の命を大切にしながら、近隣住人との調和を育む大切な活動だと、高木は話してくれた。

「この前、小鉄が受けた不妊去勢手術と同じじか？」

「そう。猫と人間が共に過ごせるあり方を目指しているの」

「では、これから捕獲の様子も見にいってみますか？」

高木の誘いに、鉄と琴美は迷わずうなずいた。

他のメンバーとは別れて、鉄と琴美は高木と一緒に住宅街を歩いていく。高木はケージを抱えながら、二人に話しかけた。

「この辺りも三年ほど前までは、野良猫が多くて大変だったんです。今では、かなり数が減りました」

そう言い終えるや否《いな》や、高木は口元に人差し指を立てた。鉄と琴美が高木の視線を追うと、そこには塀の上をのんびり歩く猫がいた。その猫の耳はカットされていない。鉄は思わず、「あ、まだ手術してない」と口にした。

「いえ、手術済みです」

「どうしてだ？　切れ込みがないのに」

「あの猫はピアスを付けているのがわかりますか？」

鉄が目を凝らすと、耳に青の小さなピアスが付いているのが見えた。

「耳先カット以外に、ああいうピアスにしているところもあります」

そう言うと、高木は今日の捕獲ポイントに移動した。

やって来たのは、路地裏の空き地だった。

「ここは地域のボランティアが毎日決まった時間に猫に餌やりをしている場所なんです」

高木は辺りを見回すと、ケージを設置して、ささみのような餌を中に置いた。

「少し待ちましょう」

待つこと約五分。琴美が「あっ、来た」と小さく声を上げた。鉄がケージに目を向けると、白と黒のブチ猫がゆっくりとケージに入っていくところだった。

「すごい、するすると入っていく」

琴美がまん丸の目をさらに見開く。鉄もあんぐりと口を開けて見とれていた。

「あの猫は捕獲をするために、昨日あえて餌をあげてないんです」

猫が完全にケージの中に入り込んだところで、すかさず高木ともう一人のスタッフがケージに駆け寄り、布で覆《おお》った。

「こうして暗くしてあげると、猫が落ち着くんですよ」

高木は満面の笑みを浮かべた。

高木と別れた後、鉄と琴美は夕食を食べに、道すがら見つけたカフェに入った。

「ふー、すげー疲れた」

「思った以上に大変な作業ね」

「あれでバイト代いくらなんだ？」

「ボランティアよ」

「ボランティア？　タダでやってるのか？」

「正確に言うと、手術代なんかも、持ち出してるんだって」

「えっ⁉　自腹を切ってやってるってことか？」

「そうよ。もちろん、活動を応援してくれている人の寄付や、自治体からの援助もあるけど、基本は身銭を切って活動しているの。ああいう人たちの日頃の活動が、住みよい街を作ってるのね」

鉄はそんな活動をしている人がいることに驚いた。

「さ、美味しいものを食べましょ！」

琴美は店員を呼んだ。鉄はハンバーグセット、琴美はカルボナーラを注文した。

「ねぇ、鉄くんは今まで何人と付き合ってきたの？」

「なんだよ。急に」

「ちょっと、気になって……」

「二人だよ。一年半前に別れた彼女と、高校時代に少しだけ付き合ってたコがいた」

「じゃあ、今はいないの？」

「あぁ」

「そっか。よかった」

「何が？」

「あたし、じつは今までお付き合いってしたことないんだ。おかしいでしょ？」

「何が言いたいんだよ？」

「ふふ、内緒よ」

琴美の意味深な口ぶりが気になったが、嬉しそうにしているので、鉄はあえて詮索《せんさく》しなかった。

すると、琴美は何事もなかったかのように話題を変えた。

「今度の譲渡会、頑張りましょうね。小鉄に飼い主が見つかるように」

「おう！　頑張るよ」

琴美に笑顔で言われ、鉄は本気で頑張りたいと思った。

琴美と一緒に過ごす時間は楽しかった。今までは妹のように思っていたが、鉄は琴美に対する自分の気持ちが変化していることに気がついた。

カフェを出て、駅までの帰り道、鉄と琴美は駅近くのペットショップの前で足を止めた。ショーウィンドウから仔犬をのぞき込みながら、琴美が少し悲しそうな声で言った。

「八週齢って知ってる?」

「はっしゅーれい? 犬の種類の名前か?」

「生まれてから八週間は仔犬や仔猫を親元から離しちゃいけないってこと。でも、生まれた直後は小さくて可愛いから、商売のために引き離されることが少なくないの」

それを聞いて、鉄は幼い頃の自分と重ね合わせた。

「親の愛情が不足すると、むやみに噛みついたり、言うことを聞かなかったり、しつけの悪い成犬、成猫になってしまうと言われてるの。犬や猫たちの親子の愛情を、人間の勝手で引き裂いてはいけないって、私は思ってる」

鉄はそのとおりだと思った。自分も小さい頃、喧嘩したり学校に行かなかったりしたのは、親や周囲に認めてもらいたい、注目してもらいたいという思いからだった。動物も人間も、その点では生き物として同じなのだ。

「人間が幸せになるってことは、この動物たちも幸せでなくちゃならないんだな」

「おー。鉄くん、カッコいい!」

ラポールという職場は、犬や猫に飼い主を探すだけでなく、自分たち人間にもさまざまなことを教えてくれる場所なのかもしれない。

「なあ、来年、福島に行ってみないか？」

「え？　どうして？」

「大震災以降にたくさんの犬や猫、家畜が取り残されたって、前にテレビでやってたんだ。今、どんな状況になってるのか、この目で見てみたいんだよ」

「うん、いいよ。じゃあ、お金を貯めなきゃね」

「やべ、それは重要だな」

鉄と琴美は顔を見合わせて笑い合った。

9

鉄と琴美がＴＮＲ活動に参加していたそのとき、良太はドッグトレーナーの試験を受けていた。試験は思いのほかうまくいき、結果はまだ出ていないが、自分が一歩前へ進めたように思えた。

翌日の月曜日、その充実感のまま、朝から良太は気分良く仕事に取り組んでいた。

「いた～い」

良太が廊下を歩いていると、猫たちのいる部屋から琴美の声が聞こえた。どうやら餌やりをしていて、猫に噛まれたらしい。

「まったく、琴美はほんと成長しないね」

一緒に餌やりをしていた明日香があきれ気味に言う。

琴美は「そんなこと言ったって……」と、ぼやきながらも、情けなく思っているようだ。

「もっと優しく接しないと」

良太は猫部屋をのぞいて、琴美に声をかけた。

「ごめんなさい。まだ猫の扱いがちゃんとできなくて」

琴美はそう言ってうつむきかけた。すると、良太が笑顔で首を横に振った。

「できないことがあれば、少しずつ学んでいけばいい。少しでも成長していけば、きっと犬や猫とわかり合えるようになるよ」

良太はケージの中の猫を撫でると、微笑みながら去っていった。

「なんか、沢田さん、変わったよね?」

「うん、励まされたような気がする」

明日香と琴美は、以前より良太が優しくなったことを肌で感じとっていた。

一方、良太自身も自分の変化に気づいていた。その変化を与えてくれたのは、鉄であることも自覚していた。

もう神楽鉄に嫌悪感はない。むしろ、全面的に信頼できる同僚だった。

そんな中、事件が起きた——。


「いったいどういうことなんだ!」

木曜日の昼過ぎ。古参職員の佐々山《ささやま》が事務所に駆け込んできた。

「どうしたんですか？」

声をかける良太をよそに、佐々山は眉間にシワを寄せながら、机で書類を整理していた鉄の横に立った。

「神楽くん！」

鉄がキョトンした表情で顔を上げる。他の職員たちの視線がいっせいに二人に集中する。

「小鉄がいないんだ！」

「小鉄が？」

佐々山の言葉に、鉄は飛び跳ねるように立ち上がった。

河野が二人のもとに歩み寄り、「佐々山さん、どういうことですか？」と事態を確認する。

「今、ケージを見たら、小鉄がいないんですよ。扉が開いてて」

「ケージが？」

河野が聞き返すよりも早く、鉄が事務所を飛び出した。

「鉄！」

良太も続く。二人が犬部屋に駆け込むと、小鉄の入っていたケージの扉がたしかに開いていた。

「もしかして、俺がちゃんと閉めなかったのかも……」

ラポールで働き始めてから一カ月以上が過ぎ、仕事にも慣れて職員たちからの評価も上がっていた。そんな気の緩みもあったのだろう。鉄は基本中の基本であるケージの点検を怠《おこた》ったのだ。

「この部屋にはいない。施設内をくまなく探そう」

良太は動揺する鉄の腕を引っ張り、廊下や他の部屋などを一つひとつ探していった。

一方、河野や他のスタッフは建物の外をしらみつぶしに捜索した。しかし、小鉄の姿は見つからなかった。

河野が事務所で良太と今後の対応について話し合う。鉄も含めて、他のスタッフは二人の話を取り囲むようにして聞いている。

「もう一度、手分けして探してみますか?」

「いや、敷地内はすべて探した」

「じゃあ、あと考えられるのは……」

「小鉄くらいの大きさの犬なら、かなり遠くまで行く可能性がある」

黙って聞いていた鉄が苛立つように声を上げた。

「もしかして、敷地の外ってことスか？　あいつ、先週去勢手術したばっかなんですよ！」

鉄は急いでスタッフ用のジャンパーを羽織ると、部屋を飛び出した。

「鉄、落ち着くんだ！」

「落ち着いていられるかよ！　あいつ、どっかで倒れてるかもしれねーだろ。それに車にひかれたらどうすんだよ」

鉄は走りながら叫ぶと、そのまま外へ出ていった。

「鉄……」

良太は河野たちを振り向き、「みなさんは業務に戻ってください。小鉄は僕と鉄で探します」と言うと、急いで鉄を追いかけた。

鉄と良太は最寄りのバス停と反対側のエリアから探し始めた。反対側には、金型や鉄骨を製造する工場が並んでいる。大型のトラックが行き交うため、車道は広く見通しがいい。

鉄と良太は工場を一軒一軒のぞいては、そこで働いている人たちに事情を説明して、目撃した人がいないか聞いて回った。可能なかぎり、中ものぞかせてもらい、小鉄が入りそうな隙間をくまなく調べた。スマホの明かりをかざして地面に這いつくばって探した。

ひと通り、工場を探し終えたが、小鉄は見つからなかった。

次に二人は幸和駅の方に向かって探すことにした。

普段はバスから見下ろすだけの光景を二人は初めて歩いた。行き交うサラリーマン、下校途中の小学生、買い物袋を提げた主婦。自分から声をかけるのが恥ずかしいなどとは言っていられない。二人は手当たり次第、会う人に声をかけていった。

「見かけないな」「見つけたらラポールに連絡します」「頑張ってください」——。見知らぬ人がかけてくれる言葉の温かさに励まされながら、探し続けた。

すでに喉がカラカラだったが、二人は自販機で飲み物を買うことも、休憩することもなく、ひたすら歩き続け、辺りを探した。

自販機の下、公衆便所、公園の茂み、ベンチの下……。小鉄が入りそうな隙間を見つけると、目を凝らして探した。

日が暮れ始め、駅近くの商店街までたどり着いていた。今までに五十人近くにたずねたが、小鉄を見た者は誰もいなかった。

「ポメラニアンだから見つけたらすぐわかるはずなのに」

険しい表情で良太がつぶやく。

「俺がちゃんとケージを閉めなかったせいだ……」

鉄は奥歯を噛みしめた。

「ミスは仕方ないよ。二度と繰り返さないようにするしかない」

「そんなことはわかってる。だけどたった一つのミスのせいで、死んじまうことだってあるんだ！」

自分のせいだとわかっていながらも、鉄は苛立ちをぶつけるように語気を強めた。

「もしかして、君にはそういう経験があったのかい？」

「そ、それは……」

鉄は子供の頃に救えなかったあの仔犬のことを良太に話した。

「そうか、そんなことが……」

猫を救えなかった良太にとっても、まるで自分のことを言われているようだった。

「俺はあのときミスをしたんだ。同級生たちが仔犬を放り投げて遊んでいたとき、俺はビビって何もできなかった。何があっても、勇気を出して一歩踏みだすべきだったんだ」

鉄は苦々しい表情を浮かべ、拳を固く握りしめている。

「だから俺、小鉄だけは絶対に見捨てたくないんだ」

良太は無意識のうちにうなずいていた。

そのとき、急に辺りが暗くなり始めた。良太が空を見上げる。

「そういえば、夜から雨が降るって予報だったな……」

「急ごう」

鉄と良太は小鉄の名前を呼び続けた。


日が沈みかける頃、雨は本降りになった。鉄と良太は傘もささずに町中を探し続けたが、小鉄は見つからなかった。

もしかすると、すでに保健所に保護されているかもしれないと思い、良太はいつもやりとりしている担当者に連絡を入れてみた。けれども、ポメラニアンは保護されていないということだった。

誰かが拾って家に連れて帰ったのだろうか。それとも道路に飛び出して車に……。鉄は頭を振って、嫌な考えを振り払った。

「鉄、一度ラポールに戻ろう」

「嫌だ！」

「だけど」

「嫌なもんは嫌だ！」

鉄はまるで駄々をこねる子供のように抵抗した。

良太はラポールにも電話を入れてみたが、小鉄が見つかった連絡はどこからも届いていなかった。鉄に電話を代わり、河野から説得してもらったが、「小鉄だってこの雨で濡れてるんだ。放って帰れるわけねーだろ!」と、首を縦に振らなかった。

良太がコンビニで傘を買ってきても、鉄はそれすら受け取らず、ずぶ濡れになって必死に探し続けた。そんな鉄に、良太はかける言葉がなかった。

「せめて、小鉄の行きそうな場所がわかれば……」

良太が雨空を見上げ、そうつぶやいたときだった。駐車場に停まっている車の下をのぞき込んでいた鉄が動きを止めた。

「どうした？　いたのか？」

「もしかしてあのときの公園かも……」

「公園って？」

「俺が小鉄を拾った公園だよ」

「あっ!」

犬は自分の知っている場所を好む。迷い犬を探すには、まずは普段よく行く場所を探すのが鉄則だ。もちろん、良太もわかっていたが、捨てられた場所までは、頭が回っていなかった。

良太が「それは思いつかなかった」と答えると、二人は一目散にその公園に向かった。そこは、鉄と良太の家から徒歩五分のところにある小さな公園だった。鉄がここに来るのは、小鉄を見つけたとき以来だった。

「小鉄！　小鉄!!」

真っ暗な公園の中に鉄と良太の声が響く。園内は薄暗い街灯だけなので、二人はスマホを取り出して、明かりをかざしながら血眼《ちまなこ》で探した。しかし、小鉄は見つからない。

小鉄がこちらに気づいて吠えてくれればいいのだが、小鉄は吠えることができない。

「せめて小鉄が鳴き声を出せれば……」

良太が思わず弱音を吐くと、鉄が良太の目をまっすぐに見つめた。

「何言ってんだよ！　声を出せない犬や猫を助けるのが俺たちの仕事だろ!!」

良太の胸の奥深くに何かが突き刺さった。同時に、自分が大切なことを忘れていたことに気がついた。

鉄が言うとおり、動物たちは言葉を話せない。だから自分たちが代わりとなり、彼らの気持ちを人々に伝えなければならない。それがこの仕事をしている人間の使命なのだ。

そのことを鉄に伝えたのは、他ならぬ良太自身だった。良太は自分がまだ半人前であることを痛感した。

「小鉄！　小鉄!!」

良太は傘を投げ捨てると、腹の底から声を出して懸命に辺りを探した。

「あ、ここだ！」

突然、鉄は声を上げると、茂みの隅の方を見て立ち止まった。

「鉄、どうしたんだい？」

茂みの中に、段ボール箱が置かれているのが見える。雨に濡れて今にも壊れそうな小さな段ボール箱がかすかに揺れていた。

鉄はそれを見てゆっくりと近づいた。

「小鉄!?　小鉄か？」

次の瞬間、箱が大きく揺れ、中からずんぐりとした物体が出てきた。

「小鉄!!」

それは間違いなく小鉄だった。

鉄は小鉄を箱からそっと持ち上げると、優しく抱きしめた。

その姿に、良太は「よかった……」とつぶやくと、涙をこぼした。

雨に打たれながら、鉄は小鉄の顔に自分の顔を近づけ、笑顔で言った。

「さあ、一緒に帰ろう！」

翌日、鉄は起き上がれなかった。どのくらい眠っていたのだろう。目を覚ましてカーテンを開けると、外は真っ暗だった。時計を見ると、午後七時を過ぎていた。にわかに信じられず、ぼう然としていると、玄関を叩く音がした。

「鉄、大丈夫か？」

その声は良太だった。鉄はゆっくりとドアを開けた。

「もしかして、俺、仕事サボっちゃったのか？」

「大丈夫。誰も君のことをとがめる人はいないよ」

安心したのか、返事をする代わりに、鉄の腹が思いきり鳴った。

「今日一日、何も食ってないんだろう？」

「じゃあ、行くか、おでん屋」

「……じつはね、今日で最後なんだ」

「は？　どういうことだ？　あの店、閉店するのか？」

いつものおでん屋に着いた。あいにく満席だった。

挨拶だけしておこうと、良太がのれんの下から顔を出し、女店主に声をかけた。

「繁盛してるね」

「この時期だからね」

「違う店を探すよ」

良太がそう言うと、女店主は「ちょっと待ってて」と言って、空のビール箱を六つ持ってきて、四つを二段に積み上げて、その上に段ボールを置いた。そして、残りの二つを両脇に置いて、即席のテーブルと椅子を用意した。

「はい、お待たせ！」

鉄と良太は思わず拍手をした。

「だてに何年もこの商売してないわよ」

女店主は右手の親指を立てた。

早速、二人はビールと、お任せでおでんを注文した。鉄はまだ夢の中にいる感覚で、昨日の出来事の実感がなかった。

冷たい風が吹き込んでくる。

「もうすっかり冬だなぁ」

良太がそう言うと、白い湯気をもくもくと立てたおでんの大皿が運ばれてきた。

「こういう寒い日のおでんは格別よ！」と女店主が言った。

皿の中には、鉄と良太がいつも注文するおでんのネタでぎっしりだった。

「あんたたちの頼むのはこれでしょ？」と女店主は微笑んだ。

「いただきまーす」

鉄は目の前に出されたおでんを貪《むさぼ》るように食べた。

「今日初めての食事はさぞうまいだろ」

良太は顔をほころばせながら、おでんを口に運んだ。

「うまい！」

鉄の眠気は一気に覚めた。おでんを頬張りながら鉄が「目が覚めたら夜だったんだ」と言うと、二人は同時に笑った。

「小鉄は大丈夫か？」

鉄は真顔になって良太にたずねた。

「おとなしくしてるよ。久世先生にも診てもらったけど、まったく問題ないって」

それを聞いた鉄は箸を置き、深々と良太にお辞儀をした。

「悪かった。迷惑をかけて」

「大丈夫。失敗しない人間なんていないよ。むしろ失敗するから、人は成長できるんだと思う」

「……お前、なんだか変わったな」

「みんなからそう言われるけど、そうかな？」

良太は一つ咳払いをして、鉄を見た。

「じつはね。この屋台に来られるのは今日で最後なんだ」

「さっき言ってたよな。寂しくなるな。閉店なんて」

すると、のれんの向こうから女店主が「この店はまだまだ現役だよ！」と、大声を上げた。

「どういうことだよ？」

「最後なのはこの店じゃない。……僕、実家に帰るんだ」

「え!?　嘘だろ？」

あまりの衝撃に、鉄は飲んでいたビールのグラスをテーブルに叩きつけるように置いた。

「本当だ。じつはね、ドッグトレーナーの試験に合格したんだ」

「すげーじゃねーか！　でも、それと実家に帰ることがどう関係あるんだよ？」

眉間にしわを寄せながら、鉄は良太を凝視する。

「うちの実家はクリーニング店だって前に話したと思うけど、母親が一人で切り盛りをしているんだ。でも、もう還暦を越えて、一人でやっていくのは限界なんだ」

「だけど、お前、母親と仲が悪いんだよな？」

「向き合ってみるつもりだ。唯一の家族だからね。試験にも合格したし、これを機に一歩踏み出してみるつもりだ」

「だけどよ……」

「君ならわかってくれると思ったんだけどな」

「それは……」

鉄は戸惑いながらも、良太の気持ちがよくわかった。

「これはいいことだと思ってるんだ。今まで目をそらしてきたことに向き合うのは、きっと自分の大きな成長につながると思う」

目標だった資格試験に合格したにもかかわらず、大好きな職場を離れる決断をした良太に、鉄は驚かされていた。

「それを教えてくれたのは他でもない、鉄、君なんだよ」

「俺が？」

思いがけない話に、鉄は言葉がを失った。

「最初はね、僕は君を軽蔑していた。無責任でだらしなくて飽きっぽい。でも、君は目の前のことと素直に向き合うことができる。きっと今までは、たまたま君に合う場所が見つからなかっただけなんじゃないかって思ってるよ」

「相性みたいなもんか」

「そうだね」

「そう言われると、ちょっとホッとするな」

「僕だって君には負けるけど、ラポールに行き着くまでにバイトを九回も辞めてきた。そのたびに相手のことを批判してきたし、憎んできた。でも結局、そこからは何も生まれないって気づいたんだ」

「すげーじゃん」

「僕も君もそういうところでは、とても似ていたんだと思う。君は人間相手にはトラブルを起こしてきたけど、動物と向き合う姿は純粋なことを知って、ふと自分がやってきたことを振り返ってみたんだ」

「そんなふうに言われると、なんだか照れくさいな」

「僕もまだまだ勉強中だ。君を見習って頑張っていくよ」

「また戻ってくるだろ？」

「あぁ、母親と向き合って、いつになるかはわからないけど、絶対に戻ってくる」

「じゃあ、そのときまでに俺も、あの〝愛玩動物なんちゃら〟っていう、長い名前の資格を取っておくよ」

「楽しみにしているよ！」

その晩、二人は夜更《よふ》けまで語り合った。

10

ここ数日、曇り空が続いていたが、その日は朝から晴れわたっていた。

鉄は玄関のカギを締めると、冬の澄みきった空気を鼻から吸い込んだ。不思議と心まで真っ白になっていくようだった。駅までの道のりをいつものように足早に歩く。やがて良太の背中が見えてきて、鉄は走りだす。

以前はあんなに制服が苦手だったのに、今は青い作業着に着替えると、鉄は身が引き締まる思いがした。更衣室のロッカーを締め、扉に付いた「神楽鉄」の名札を見つめる。自分の名前がそこにあるのが奇跡のように感じられた。

朝礼の終わりに河野が「笑顔と愛情を持って、来場者の方々、そして犬猫たちと全力で向き合ってください」と言うと、一列に並んだスタッフ全員がいっせいに「はい！」と返事をした。なかでも、鉄の声は人一倍大きかった。

良太が鉄に、「いよいよだな」と声をかける。「あぁ！」という鉄の短い返事には、決意がにじみ出ていた。

建物の外に出た鉄は大きく伸びをして、雲一つない青空を見上げた。今日、ラポールは幸和市の周年イベントに参加して、年内最後の譲渡会を開催する。前回の譲渡会もかなりの人出だったが、今回は例年その二倍は集まるという。

「小鉄も新しい飼い主に巡り合えそうね」

車に一緒にパイプテントを積んでいた琴美が言った。

「あぁ、俺が見つけるさ」

やる気をみなぎらせる鉄を見て、琴美は強くうなずいた。

この日は良太のラポール最後の日でもあった。普段どおりの穏やかな笑顔を見せる良太だったが、その隙間からこぼれる寂しさまで隠しきることはできなかった。

「俺たちが笑顔じゃなきゃ、飼い主なんて見つからねーよ」

運搬する備品のチェックをする良太の横で、鉄がボソッとつぶやく。良太は鉄から励まされるとは思ってもいなかったのだろう。一瞬、驚いた様子だったが、その言葉に素直に「了解」と返事をした。

荷物の積み込みが完了すると、最後に職員総出で犬部屋と猫部屋から、慎重にケージを運び出す。最後に運び出した小鉄が入ったケージを、鉄はじっと見つめた。

小鉄は愛らしい目で鉄を見つめている。その姿からは、鉄が小鉄と初めて会ったときとは比べものにならないほど、人を信頼していることがうかがえた。

「ちゃんと飼い主が見つかるように全力を尽くすからな」

小鉄はシッポを小刻みに振った。鉄には、小鉄がその言葉を理解し、喜んでいるように思えた。


十二月の寒空にもかかわらず、イベント会場は予想以上の人出だった。広場には屋台が並び、ステージではゲストの歌手やダンサーたちが来場客を盛り上げている。

会場の一角に設置されたラポールのブースもにぎわっていた。小学生くらいの子供たちは目を輝かせ、高校生くらいの女の子たちは「かわいい〜」とはしゃいでいる。恋人たちはケージの前にしゃがんで手を差し出し、子供連れの夫婦はみんなで犬や猫たちに愛情を寄せていた。

そんななか、鉄は一人でも多くの飼い主候補を見つけようと、来場者に積極的に声をかけていった。

「こちらのポメラニアンはどうですか？　とっても可愛いですよ。いらっしゃい、いらっしゃい」

まるで魚屋の呼び込みのようで、通りがかった人々がクスクスと笑う。しかし、鉄はいたって真剣だった。

「どうぞ見ていってください。ほんとに可愛いんです」

すると、犬を連れた三人組の女性が足を止めた。

「あら、あなた！」

真ん中の女性が大きな声を上げる。

「あんたたちは……」

鉄が記憶の糸を手繰《たぐ》り寄せていると、女性たちが連れている犬が鉄を見て吠え出した。

「あっ、あのときの！」

女性たちは、鉄が小鉄を放置しようとしたのを見て、叱咤《しった》してきた三人だった。

「あなた、ここで何してるの？」

「いや、じつは俺、あの後……」

鉄は苦笑いを浮かべながらも、三人にこれまでの経緯を話し、そして頭を下げた。

「あのときは不快な思いさせて、すみませんでした！」

それは鉄の素直な気持ちだった。

「そんな、不快というか……」

「今は立派に頑張ってるんだし」

「そ、そうよねぇ」

三人は戸惑いながらも鉄を許した。鉄は「頑張ります！」と笑顔で答えた。

「頑張ってね。応援してるわよ」

三人はそう言うと、笑顔で去っていった。

入れ替わるように、小学校低学年くらいの少年がやって来た。

「ほら、お手！」

少年は小鉄の頭上からいきなり手を出そうとした。

「おい、君。いきなり手を出すと、犬がびっくりして噛むかもしれないよ」

鉄は自分の手を拳にして、犬の口元の地面に近い位置から差し出した。

「こうして手を差し出すと、噛まれる危険も少なくなるからね。君のためでもあり、ワンちゃんのためでもあるんだ」

「お兄ちゃん、物知りだね」

少年が微笑むと、両親がその子のもとにやって来た。

「ほら、リク。勝手に動き回っちゃダメでしょ」

「ねぇ、このワンちゃん飼いたい」

「ダメ。今日はたまたま通りかかっただけだろ」

「ねぇ、お願い。飼いたい」

「ダメです」

「リクくんっていうのか」

鉄は少年に話しかけた。

「犬はな、毎日散歩に連れていかなければいけないんだ。餌も忘れずにあげる必要がある。病気になったら、つきっきりで看病もしなくちゃいけないんだぜ」

「ぼ、僕、できるもん」

少年は涙目になりながら鉄に訴えた。

「ほら、行くぞ」

父親が言うも、少年は意地でもこの場を去ろうとしなかった。鉄は、そんな少年の熱意が愛らしく、そして嬉しかった。

「パパやママがダメって言っているから、今日はダメだ。君がもっと大きくなって、自分で責任を持てるようになったらまたおいで、な」

鉄は少年の頭を撫でて、諭すように言った。

少年は複雑な表情を浮かべながらも、小声で「うん」と答えると、両親に手を引かれて立ち去った。

「神楽くん、今のはよかったよ。たいてい、ああいう子の場合、すぐ飽きて、代わりに親が散歩に連れていくことになる。飼うことばかりが動物愛護じゃない。飼わないことも動物愛護だと思うんだ」

河野が鉄に向かって言った。

「飼わないことも、か」

河野から伝えてもらった言葉は、鉄の胸にしっかりと響いていた。

短い昼休憩を挟み、午後の時間が始まった。

河野からかけられたポジティブな言葉が勇気になり、そして自信にもつながった。鉄は積極的に声をかけながらも、相手の事情をよく聞くようにした。

すると、今まで以上に小鉄に関心を示してくれる人が増えていった。

「この犬、触ってもいいですか?」

一人の青年が鉄に声をかけた。

「ええ、もちろん!」

鉄が小鉄を預けると、その青年は優しく小鉄を撫でた。

「ずっと犬を飼いたいと思ってたんですが、親が苦手なので飼えなかったんです。でも、今は一人暮らしなので」

鉄は一瞬「よっしゃ！」と、心の中で叫んだが、すぐに冷静になった。

「えっと、住んでいる家はペットOKっすか？」

「小型犬なら大丈夫な物件です」

「この子はあと十年以上、生き続けるかもしれないですが、ちゃんと最期まで面倒を見られますか？」

「自信はあります。週二日、花屋でバイトをしているから、植物も動物も大切にする気持はちゃんと持ってるつもりです」

この人ならきっと大丈夫だろう。そう思った瞬間、鉄の中で一つの疑問が生まれた。バイトってことは、この青年はいったいどんな生活をしているのだろう。

「もしかして社会人じゃないの？」

「はい。大学生です」

「生活は？」

「親の仕送りとバイトで暮らしています」

鉄は〝飼わないことも動物愛護〟という河野の言葉を思い出した。この先、餌代だけでなく、予防接種や病気などの医療費も必要になる。仕送りやアルバイトの稼ぎだけでは心《こころ》許《もと》なかった。何より大変な思いをするのは青年自身だ。

そのことを、どのように伝えればいいのか……。鉄は口を開いた。

「じつは俺、バイト暮らしなんですよ」

「え？」

「本当は俺がこいつの面倒を見たいんだけど、自分の生活がちゃんとできてないから、それもできないんですよ」

「どういうことですか？」

「犬って餌代もかかるし、ワクチンや用具代だってかかる。ざっと考えて、一カ月に一万円以上はかかると思ってください」

「えっ⁉　そんなに？」

「だから、仕送りを受けている今のあなたが犬を飼うのは、結構な負担になる気がするけど、どうかな？　社会人になってから、また来てもらっても歓迎するけど」

「犬って、お金に余裕がないと飼えないんですね……。教えてくれてありがとうございます」

青年はすがすがしい顔で去っていった。その様子を見ていた河野と良太は微笑んだ。

「すごいじゃないか、神楽くん！」

「見事だね!!」

「そう言ってくれるのは嬉しいけど、ダメだ」

「え？」

「このままだと小鉄の飼い主が見つからない……」

鉄は落ち込んでいるのか、珍しく目を伏せた。

河野と良太は顔を見合わせ、そして同時にうなずいた。

「よし！　一緒に頑張ろう」

鉄は驚いたように顔を上げ、気持ちを切り替えるように「あぁ！」と答えた。

鉄は必死になって小鉄の飼い主候補を探した。

しかし、結局、譲渡会の終了時間までに小鉄の新しい飼い主候補を、見つけることはできなかった。

「まあ、また機会はあるから。あまり気を落とさないほうがいい」

良太は小鉄の前にしゃがみ込んでいる鉄に声をかけた。

「そうそう。鉄くん、この前よりずっと良くなったよ」

「黒髪になってだいぶ誠実に見えるようになったしね」

琴美と明日香も鉄を励ました。

「そう言ってもらえると、嬉しいんだけどさぁ……」

鉄が小鉄を見ると、前足をケージに押しつけて、鉄に向かってシッポを振っている。その姿を見た鉄は張り詰めていた緊張が解け、思わず笑みを浮かべた。

「とりあえず、ラポールに帰ろっか。次は絶対飼い主を見つけてやるからな」

鉄は小鉄の頭を優しく撫でた。飼い主候補を見つけてあげられなかったことを申し訳なく思う半面、またしばらく小鉄といられると思うと、どこかホッとしている自分がいた。

「いや〜、それは困りますよ」

近くで声がした。鉄が顔を上げると、佐々山が三十歳前後と思しき男性と押し問答していた。男性の手には、ペット用のバッグが握られている。

「どうしてもダメなんですか？」

男性は佐々山に詰め寄っていた。

「どうかしたんスか？」

鉄は立ち上がると、困り果てた様子の佐々山のもとへ歩み寄った。

「いやあ、彼が猫を引き取ってくれと言ってきてね」

見ると、男性の持っているバッグには、黒い猫が入っていた。

「今度引っ越すことになって、飼えなくなったんですよ」

「それでウチに引き取ってほしいってことですか？」

「ええ、だってここにいるの、全部捨てられた犬とか猫なんでしょ？」

男性は譲渡会の様子をたまたま見て、引き取ってもらうのにちょうどいいと思って、家から猫を連れてきたのだ。

「あの、ウチは一般の方からのペットは引き取ってないんですよ」

「それはさっき、そちらの人から聞きました。だけど、捨てたりするのは、あなたたちだって嫌でしょ？」

「それはそうですけど」

「じゃあ、引き取ってくださいよ」

男性は猫の入ったバッグを鉄に突き出した。

隣にいる佐々山はますます困り顔になっていた。助けに入ろうと踏み出した良太を、河野が制した。

「大丈夫だよ」

河野はそう言って、鉄の方に顔を向け直した。鉄は突き出されたバッグの中に入っている猫を、じっとのぞき込んでいた。

「この猫、何歳ですか?」

「五歳だけど……」

「そっか、長い間ご主人様と一緒に暮らしたんだ。お前、幸せだな」

鉄は微笑みながら猫に話しかけた。

「猫を飼ってどうでしたか?」

「どうって、そりゃあ癒されたけど」

「それなら、今度はあなたが猫の幸せを考えてあげる番じゃないですか?」

「幸せ?」

「ご家族や友人に声をかけてみるのはどうでしょうか。それ以外に、インターネットにも飼い主探しのサイトがあったり、相手を吟味《ぎんみ》する必要はありますが、SNSとかを使って呼びかけたりもできるんです。あなたには新しい飼い主を見つける義務があるんですよ」

その言葉に男性は驚いているようだった。ペットの入ったバッグをしばらく見つめ、誰に言うでもなくつぶやいた。

「そうか、そうだよな……」

「よろしくお願いします」と鉄が頭を下げると、男性はすっきりした表情で言った。

「わかりました。探してみます」

良太をはじめスタッフ全員がその様子を見ていた。鉄の堂々とした立ち居振る舞いに、佐々山も驚いているようだ。

「す、すまなかったね、神楽くん」

「いいえ、彼もわかってくれたし、俺もいい勉強になったっス」

軽く会釈をする鉄に、佐々山も思わず頭を下げた。

気がつけば、みんなが鉄のことを、一人前のスタッフとして認めるようになっていた。


帰り支度《じたく》を始め、ケージを一つひとつ車へと運んでいく。車から鉄が引き返そうとすると、夫婦らしき二人が小鉄のケージをのぞき込んでいるのが目に映った。

「すみません。今日の譲渡会はもう終わっちゃったんスよ」

鉄は近づきながら声をかける。

「それは失礼。この子があまりにも似てたものだから」

「似てた？」

「えぇ、死んだ息子が飼っていた犬にそっくりで。ねぇ、あなた？」

「あぁ、何年ぶりだろうね。こんな気持ちになったのは」

二人は小鉄を見つめると「ミライ」と呼びかけ、笑みを浮かべた。

「ちょっと待っててください！」

鉄は河野のもとに駆け寄り、「もう少し、もう少しだけ、俺に時間くれませんか？」と頼み込んだ。

周りで片づけをしていたスタッフもその声に気づいて、鉄に視線を向ける。みんなが見守るなか、河野は笑顔でうなずいた。

「河野さん、ありがとう」

鉄は夫婦のもとに戻ると、「よかったら抱いてみませんか？」と声をかけた。

「いいんですか？」

「もちろん！」

鉄は小鉄をケージから出して抱き上げると、二人へと手渡す。それはまるで命のバトンタッチのように、鉄は感じた。

小鉄を抱く夫婦の様子はとても穏やかで、このうえなく幸せそうに見える。

鉄は夫婦に話しかけた。

「このコはすごくおとなしいんです。大きな病気はありませんが、ここに来た当時は人間不審でした。以前の飼い主に虐待されていたのかもしれません。もしかしたら、あなたたちが思っているような性格じゃないかもしれませんが、それでもちゃんと最後まで責任を持って可愛がってくれますか？」

鉄は心の奥から想いを伝えた。鉄の紡ぎ出した言葉を聞いて、夫婦はお互いに目を見合わせている。

鉄が拳を握りしめる。緊張で身体が強張っているのが、周りのスタッフからもわかる。

すると、夫婦は口元に笑みを浮かべ、二人でうなずき合った。

「ええ、私たち、この子を飼いたいです」

良太や琴美をはじめ、ラポールのスタッフたちが小さくガッツポーズする。

鉄は夫婦に「わかりました。上司に伝えます」と満面の笑顔で答えた。

翌日、良太はラポールの玄関で職員たちと別れの挨拶をした。

「今までありがとうございました。河野さん、佐々山さんはじめ、いろいろな方にお世話になりました。この三年間で学んだことを、しっかりと自分のこれからに生かしていきます。いつになるかわかりませんが、必ずみんなと再会したいと思っています」

気丈《きじょう》な良太がボロボロと大粒の涙を流している。それを見て、琴美や明日香ももらい泣きをしていた。

周りのスタッフもみんな涙を流している。その中でも、とめどなく涙を流しているのは鉄だった。その姿を見られたくないのだろう。鉄は部屋の隅で良太に背中を向けて、肩を震わせている。

良太自身も涙ぐみながら、鉄のそばに歩み寄る。

「あとは頼んだよ」

「良太……」

鉄の脳裏に良太との思い出がフラッシュバックする。あの日突然、自分の部屋に押しかけてきたこと、仕事を教わったこと、おでん屋で飲み明かしたこと、一緒に小鉄を探し歩いたこと……短い間ではあったが、どれも濃密な思い出だった。

鉄は涙でくしゃくしゃの顔を上げ、良太の手を握りしめた。

「元気でな。良太」

「あぁ。鉄もな」


小鉄に新しい飼い主候補が見つかり、後日、河野が提出された書類等を検討した結果、年明けからトライアルに入ることが決定した。

トライアルの有無や期間は各団体によるが、ラポールでは、実際に一週間ほど一緒に暮らしてみて、本当に迎え入れるかどうかを決めてもらう。トライアル後に辞退する人は少なく、多くの場合、そのまま引き取られることになる。

鉄はトライアルの準備に向けて、年末ギリギリまで奔走した。

小鉄の推定年齢、体重、食事の習慣や日頃の運動など、今まで小鉄に行ってきたあらゆる情報を新しい飼い主候補に引き継げるように書類にまとめる。

万が一、小鉄が家から逃げ出してしまっても、ラポールと連携をとりながら、探し出すマニュアルも用意した。

そして、小鉄との残りわずかな時間をいとおしむように、散歩に行き、餌をやり、体重測定を行い、その日に備えて万全の状態を整えた。

この何気ない日常こそがこのうえない幸せであることを、鉄は実感していた。

年明けの二週目の土曜日、夫婦が小鉄を預かりにラポールを訪れた。

応接室で河野から犬の飼い方についてレクチャーを受けた後、所定の書類に必要事項を記入する。

そのまま引き取られることになれば、小鉄は二度とここには戻ってこない。今日が鉄と小鉄の別れの日となる。

いよいよ小鉄を引き渡すときがきた。事情のわからない小鉄を、鉄が抱きかかえて応接室に連れていく。小鉄はきょとんとした顔で鼻をクンクンさせている。

「よろしくお願いします」

鉄は夫婦に深々と頭を下げた。それは周囲に響きわたるような大きな声だった。もう一度「よろしくお願いします」と言って、鉄は小鉄を夫婦に手渡した。

夫婦は揃《そろ》って「はい」と力強く答え、小鉄を抱きかかえた。

夫婦の腕の中で、小鉄はつぶらな瞳で鉄を見つめ、愛らしく舌を出している。

小鉄の顔に鉄は自分の顔を近づけ、心の中で感謝を伝えた。

「小鉄、今までありがとうな。お前と一緒にいた時間は俺にとってかけがえのないものだったよ。お前からもらった気持ちを、これからもちゃんと受け継いでいくな」


建物の玄関に手の空いているスタッフが全員集まり、夫婦と小鉄を見送った。

大事そうに抱かれた小鉄は、腕の中から夫婦を見上げている。

夫婦は頭を下げると、車を停めてある駐車場に向かって歩き出した。

鉄はラポールから去っていくその姿をじっと見つめていた。だが、夫婦が車に乗り込む寸前、自分の気持ちを抑えることができず、気づけば「小鉄!!」と叫んでいた。

そのとき、かすかに声がした。それは紛れもなく犬の吠え声だった。

「小鉄が……吠えた……」

琴美が目を丸くしてつぶやいく。明日香も、河野も驚いているようだった。もちろん、鉄も。

たしかに小鉄は元気に〝ワン〟と吠えた。


冬が終わり、春になろうとしている。

鉄がラポールで働き始めて四カ月が過ぎた。

今までならとっくに辞めている頃だが、今の鉄にそんな気持ちは微塵《みじん》もなかった。

ここでもっと働きたい。もっと学びたい。

ラポールと書かれた水色の作業着を着ることを、鉄は誇りに思っている。

「明日からも――」

仕事を終えた鉄は、犬や猫たちをじっと見つめる。

「明日からも、お前たちが新しい飼い主と巡り合えるように頑張っていくからな」

その目はしっかりと前を見据えていた。

エピローグ

小鉄がいなくなってから鉄は落ち込んでいる様子だったが、三日も経つといつもの元気さを取り戻した。

河野が鉄に声をかける。

「もう大丈夫かい？」

「はい！　昨日おでん屋のおばちゃんに言われたんです。クヨクヨするか、元気でいるか、どっちの自分でいたいんだい？　って」

その鉄の様子を見て、河野は笑顔をこぼした。

良太がラポールを去ってから、スタッフたちは作業の穴埋めに忙殺された。餌やり、掃除、問い合わせと対応、不妊去勢手術の手配など、良太がやってきた作業の多さと責任の重さを身にしみて感じることになった。

無論、琴美も明日香も連日残業が続いていた。そんな中、琴美は以前よりも作業を慎重に行うようになっていた。

「お前、最近仕事うまくなったんじゃねーの?」

プレハブ小屋で二人仲良く昼食を食べながら、鉄は琴美にそう伝えた。

「うん。みんなの足を引っ張らないようにって」

お揃いの弁当をつつきながら、琴美は笑顔で答えた。

良太が担当していた消灯と鍵の施錠の確認は、鉄と河野が引き継いだ。

「休みも返上ですまないね」

「まだ若いから大丈夫っすよ」

そういう鉄の表情にも少し疲れがうかがえた。河野は早急に新しいスタッフを探す必要があると感じた。


そして三月のある日、河野は朝礼で新しいスタッフを紹介した。

「今日から入る北野元気《きたのげんき》くんだ」

待望の新スタッフの紹介に、一同から思わず「おぉ!」と歓声が上がった。

「初めまして。北野元気、十九歳です」

しかし、その挨拶に、明るかったスタッフの表情が一転して不安なものへと変わる。というのも、『元気』という名前のわりには声に張りがなく、聞き取りづらかったのだ。

「この新人くん、大丈夫かな」というささやき声がどこからともなく聞こえた。

鉄は朝礼が終わると、真っ先に元気に近寄って「俺、神楽鉄！　よろしくな」と、声をかけた。

元気も「よろしくお願いします」と返したものの、その声はやはりか細いものだった。

働き始めてみると、元気は周りのスタッフから指示されたこと自体は的確にこなした。

ただし、事前の相談がなかったり、こちらからたずねないと報告がないため、神経質な明日香は怒りを覚えていた。

「もう何、あのコ？　餌やりの時間じゃないのに、勝手な判断で餌をやったり、言われた作業が終わったら、ただ黙って事務所に座ってるのよ」

「まあまあ、まだ社会経験が少ないんだから」

琴美は興奮している明日香をなだめた。

「河野さん、よかったら元気、俺の下で動いてもらってもいいっスか？」

その様子を見ていた鉄がたまらず河野にお願いをした。

「あぁ、構わないよ」

鉄は元気に、自分が良太から教わってきたことを教えようと思った。

犬や猫は一年で大人になること、不妊去勢手術が必要な理由、海外ではペットショップのない国があることなど、良太から吸収した知識やスキルを連日元気に教えていった。

それでも元気は淡々と仕事をこなすだけで、鉄以外のスタッフには愛想がなかった。

鉄が河野に元気の様子を伝えると、河野は「彼がこの仕事を選んだ理由を聞いてみてもらえるかな」と言って微笑んだ。

鉄は元気とケージの掃除をしているとき、河野から託《たく》された質問を元気に投げた。

「なあ、元気はどうしてこの仕事を選んだんだ？」

元気は鉄の質問に答えず、無言のまま掃除を続けていたが、一分ほど経ってから、ようやく口を開いた。

「僕は人が苦手なんです。高校でも友達ができずに独りぼっちで。犬や猫と接する仕事なら、人間とかかわらなくて済むかなって思ったから……」

鉄はそれを聞いて大声で笑った。

「なんかおかしなことでも言いましたか？」

「いや、な。人と接しない仕事なんて、どこにもないんだよ。元気、今晩、空いてるか？」

「特にやることはないですけど……」

「お前の話をもっと聞かせてくれないか。俺の行きつけの屋台のおでん屋で」

「屋台？　そんな場所があるんですか？」

「あぁ！　俺がごちそうしてやるよ」


その頃、ミライはすっかり伊藤《いとう》家の一員になっていた。

要一《よういち》は毎朝六時になるとミライを散歩に連れていく。その後、要一は仕事に出かけ、日中は陽子《ようこ》が家事をしながら、ミライの面倒を見ている。

ミライは人懐っこくて、いつも陽子にすりついてくる。そのたびに陽子はミライの全身を優しく撫でる。

夜七時。「ただいま！」という要一の声がすると、ミライが玄関まで走っていく。

「おぉ、ミライ、元気にしていたか？」

要一はいつも満面の笑みでミライを抱き上げる。

「おかえりなさい」

ミライと一緒にリビングに入った要一に、陽子は温かく声をかける。

「ねぇ、あなた」

「ん？　どうした？」

「ラポールの担当者がうちにお見えになるんですって」

「何かあったのか？」

「引き渡してから三カ月以内に、一度は家庭訪問をするんですって。ほら、若いお兄さんで神楽鉄さんって言ってた」

「丁寧なアフターケアだな」

ミライは『鉄』という言葉に反応して、ワンと吠えた。

「あらっ、ミライ、どうしたの？」

「きっと嬉しいんだろう。神楽さんと再会できるのが」


鉄は車の運転免許を持っていなかったので、ラポールを出て電車を乗り継ぎ、伊藤家に向かった。最寄りの駅からはスマホの地図を頼りに、歩いて十分ほどで伊藤家に到着した。

表札には〝伊藤要一・陽子〟と書かれている。鉄は深呼吸をしてチャイムを鳴らした。

中から夫妻が一緒に現れた。

「ようこそ、いらっしゃいませ」

夫婦の足元には小鉄……いや、ミライがいる。

ミライは勢いよくシッポを振って、鉄のことを懐かしそうに見つめている。

「小鉄……いや、ミライ、元気だったかい？」

ミライは元気よくワン！　と吠えた。

鉄は思わずこぼしそうになった涙をこらえて、笑顔で家の中に入っていった。


（完）

この物語に登場する人物・団体・地名・名称等は架空であり、
実在のものとは関係ありません。

〈特別対談〉

小さな命を守るために
私たちに今、できること

和光市長　松本武洋

×

著者・映画監督　古新　舜

捨てられる命、ゼロをめざして

古新 今回、和光市のみなさんには、映画版『ノー・ヴォイス』の後援についていただき、ありがとうございました。

松本 和光市が生んだ映画監督が数々の賞を取られて活動されている姿を、市民の方々に知ってもらうのも、街を盛り上げていくのに大切なことだと思っています。

古新 恐れ入ります。今回の作品の舞台は和光市をイメージしています。和光市ならではの雰囲気を映画で出したかったので、撮影場所も埼玉県を選びました。市長から見て『ノー・ヴォイス』はどういう作品に映りましたか？

松本 孤独とか孤立とか格差とか、そういうことがすごく注目されている今、すばらしいタイミングでいいものを作っていただいたなあというのが、私の感じているところです。映画の後に小説を読んで、主人公の鉄君の背景がすごくわかりました。監督が今回のテーマを取り上げようと思ったきっかけは何だったんですか？

古新 やはり、大きなテーマとして動物の殺処分の問題がありました。初めは飼い主の無責任さに憤りを感じていましたが、調べていくうちに、話はそう単純でないことがわかってきて。この問題を誰が起こしているかというと、複雑なんですよね。地域や社会全体で考えていかないと解決しない。そのことを作品を通して知ってもらいたいのが一つでした。

松本　なるほど。ペットを飼えなくなる事情はいろいろあるでしょうね。今、和光市で特に大きな課題として感じているのは、ご高齢の方のペットについてです。これからの高齢化社会のなかでペットがいない状況というのは考えられないでしょう。ただ、先に飼い主が亡くなられてしまったとき、遺された犬や猫をどうしてあげればいいのか、ひと筋縄ではいかない問題です。

古新　そうですね。今後、ますます増えていくでしょうね。

松本　ええ。残念ながら、今のところ有効な対策は打てていないのですが、今後ますます高齢化が進んでいきますから、避けては通れない問題になっています。

古新　ご高齢のご夫婦はもちろん、一人暮らしの方にとっても、愛犬は心の拠《よ》り所ですしね。でも、散歩や毎日の餌あげ、ときには病院にも連れていかなければならないでしょうし、ご高齢の方にとってはより大変ですよね。だからこそ、社会全体で考えていかないといけないですよね。

松本　ペットを飼う環境としては、遊ばせる場も必要になります。和光市では東京外環自動車道の上の公園にドッグランを作ってはいるんですけれど、街中にはそういう場所がないこともあって、かなり混雑している状況です。本当はご高齢の方も利用しやすいように、身近な場所に設けられるといいんですが、なかなかそうもいかないのが実情です。

ペットがつむぐ人のつながり

古新　ご高齢の方だけでなく、一人暮らしの方がペットによって支えられたり、癒されたりしているケースも増えていると思います。今や、犬や猫をペットとして飼うというより、家族の一員としての意味合いが強くなっています。

松本　『ノー・ヴォイス』の主人公もそうですよね。現代の若者は、孤独とか、孤立とか、格差とか、そういう言葉が注目されるような難しい時代を生きています。社会全体に「癒し」としてのペットの存在感が増していると思います。

古新　それだけにルール作りが重要ですよね。

松本　そうですね。もうだいぶ前の話になりますけど、和光市でも地域猫のためのガイドラインというのを作りました。当時、猫にエサをあげる方と、それを嫌がる方との間で多少いざこざがあったんです。そこで、どういうルールであれば、お互い共存できるのか、ご本人たちにもルール作りに参加してもらいました。そのガイドラインを通じて、現在は、地域猫を可愛がっている方も満足に活動できるようになったのかなと思います。

古新　やっぱり地域猫の活動は、愛護動物であるという観点から共生していくというあり方というのをしっかりとお互いに認識していかないと、どうしても対立してしまいますよね。そういうところにガイドラインを作ったというのはすばらしいことですよね。ペットについて、市長は何か思い入れはありますか？

松本　そうですね。いま、古新さんご出身の団地に住んでいるわけなんですけれど、原則ペット禁止です。ただし、ペットの保護者会に入ってルールを守れるなら、認められる取り決めになっています。そうしたなか、暮らしていて感じるのは犬がいるだけで、人と人とのつながりが生まれるということです。犬の散歩をしている人同士のつながりもできるだろうし、動物を飼えない家に住んでいる子どもたちが集まってきて、「名前なんて言うの？」とか話しかけたりする。私も生活者として、その

古新　団地に住んでいてすごく感じているところですね。

なるほど。昔だと、ペットを飼っている家は多かったですし、地方に行くとニワトリだとか、動物の命に触れる機会が多かったですよね。それが今は、身近で命に触れる機会というのが、やっぱり少なくなっている。そのなかで動物たちに触れるというのは、子どもたちにとってもいいことですよね。

松本　私はあのストーリーのなかで、一番嬉しいと思ったのは、鉄君が成長していく姿ですね。周りの温かい大人たちのアシストはありますが、犬とのつながりを通じて、自分の心にある優しさを見つけて変わっていくということが描かれていて、それが非常にいいと思いました。一見すると柄が悪くてやんちゃな主人公が最終的には成長した姿を見せてくれる。子どもたちにも素直に見てもらえる作品になっていると思います。

命の大切さを伝えたい

古新　今後、殺処分の問題について、和光市ではどのような取り組みを行っていくお考えですか？

松本　和光市内では市民による譲渡会が定期的に開催されていて、市も掲示板を使って告知のお手伝いをしたりしています。そして、今回の映画や小説などの広報を通じて、ペットは「モノ」や「商売の道具」ではなくて、新しい家族を見つけることだと認識してもらえるようにしていきたいです。

古新　おっしゃる通りですね。モノとして飼って捨ててしまうみたいな、まずモラルの問題というのは認識しなければいけないことだと思います。やっぱりペットショップ以外でもちゃんと譲渡ができて、ペットの命をつないでくれる飼い主さんを待っているという――そういうところの現状を知ってもらうことが大事ですよね。

松本　たしかに、そうですね。殺処分についてもいろいろメディアで取り上げられていますから、薄々わかっている人はいても、実際にどういうところで、どういうふうになっていくかはみなさん見たくないわけですよね。それを正面から取り上げて、しかも温かい作品として見せてくれる。ペットと向き合うとは、どういうことかを考える大きなきっかけになると思います。

古新　今の時代、ご家庭でも学校でも、命の問題を考える機会が少なくなっているように思えて危惧しています。私自身、学生時代には、自分の命の価値や人生の尊さがわからなくなって自殺を考えたこともあったので、いじめなどのニュースを耳にするたびに心を痛めています。それだけに今回の作品で伝えようとしたのは、単に犬や猫の命の問題だけではないんです。生きる価値や人生のあり方、人と人とのつながりの大切を知ってもらうために作品を作りました。今回、それが私の生まれ育った和光市の協力で発信できたことを嬉しく思っています。

古新　舜　こにい・しゅん

1981年生まれ。映画監督。早稲田大学理工学部応用物理学科卒、早稲田大学大学院国際情報通信研究科修了（国際情報通信修士）、デジタルハリウッド大学大学院修了（DCM修士）。米国アカデミー賞公認映画祭ショートショートフィルムフェスティバル2年連続入選、山形国際ムービーフェスティバルW受賞など、のべ35以上の映画祭で受賞・入賞を果たす。主な監督作に『ノー・ヴォイス』（2013）、『あまのがわ』（2019）など。

佐東　みどり　さとう・みどり

1977年生まれ。脚本家、放送作家、小説家。2009年、谷健二監督の短編「スレッド」にて日本芸術センター第２回映像グランプリ脚本賞、ダ・ヴィンチ文学賞A.S.ゼロワングランプリでストーリー・クリエイター奨励賞を受賞。

ノー・ヴォイス

発行————● 2019年4月24日 初版第1刷発行

著者————● 古新舜／佐東みどり
発行者———● 須藤幸太郎
発行所———● 株式会社三交社
〒110-0016
東京都台東区台東4-20-9 大仙柴田ビル2階
TEL 03（5826）4424
FAX 03（5826）4425
URL: www.sanko-sha.com
装幀————● 桑山慧人
本文組版——● 椛澤重実
編集協力——● 飯野実成
印刷・製本—● シナノ書籍印刷株式会社

ISBN978-4-8155-4019-7　C0093

映画界初「ドラマ」&「ドキュメンタリー」の2本立て!
捨てられる命ゼロを目指して!
ノー・ヴォイス
市瀬秀和　樋口夢祈　プリン(小鉄)
大蔵淳子　吉岡あや　小山田将　落合モトキ　笠原千尋　芳賀めぐみ　佐々木ちあき　幸染
上村龍之介　渡辺恋　栗原シュナ　糸家かれん　堀元能礼　真佐夫　守田菜生　幡千恵子　窪田かね子　タイソン大屋(劇団☆新感線)
岡村洋一(友情出演)　畑中葉子(友情出演)　小宮孝泰　ドキュメンタリーナレーション 浅田美代子
監督:古新舜　撮影監督:藤田秀紀　原案:木村純子　脚本:古新舜 佐東みどり　音楽:和田薫　制作協力:今西乃子(児童文学作家)
主題歌:「キミからの贈り物」 CLIFF EDGE (Venus-B / KING RECOREDS)　エンディング曲:「まだ間に合うから」 歌 MASAMI
製作:「ノー・ヴォイス」製作委員会　プロデューサー:古新舜 井上克也 田中英彦　企画・製作:コスモボックス株式会社 合同会社PLUS VOX 有限会社ビー・ウィング(配給・宣伝)
http://no-voice.com